# 王國

## 祕密的花園
ひみつの花園

vol.
3

吉本芭娜娜

仔細回溯過去，那個無法避免的傷痛，好像是從真一郎想要改變現況時開始的。

我們隱約感到，我們以為堅實穩固的戀愛基礎，其實建立在勉強保持的平衡上，雖然設法補強，但終究失敗。這是常有的事情。

注定失敗的事情，無論怎麼努力，終將失敗，我們只是不願面對。

那個時候，我感到寂寞、無聊。因此，喜歡上他。

而他，也想擺脫自己的生活。新鮮的我正好出現，助他一力。雖然那裡面確實有一點真的東西，但再巧妙地掩飾，看起來依然如此，沒辦法。

那真的是很普通的故事，但是，對我和他來說，仍是生命中絕無僅有的一次。

回想起來，我還是覺得，「能和他共度一段人生，真好！」

那像慶典一般的經驗，感覺很好。贈品是我捧滿雙手的記憶。

我喜歡和他一起仰望的星空。我們並肩同行時的速度很一致。

我喜歡他翻鬆土壤時彎著的背部，連他平靜的說話方式、有點沙啞的聲音和開車來接我時的模樣，我都喜歡。

毫不厭倦地一看再看，想靠近他。戀愛就是這麼回事嗎？

整個秋天，我和真一郎在找要同居的房子。

那是我們美好回憶中最快樂的一段時光。

每一天，連在夢中都在找房子。

我和他走在夢中的街上，想著房子的事情。

我們指著一棟棟房子說，那棟房子不錯耶，這棟房子也很好。

夢中的兩人，好像比實際中的我們更快樂。

兩人笑嘻嘻的，像翱翔在天空般，臉龐散發著光采，甚至忘記走了太久，腳很痛，感覺像在旅行。我們牽著手說，找房子的時候，每個星期都能見面耶。在夢中，沒有仲介商、鑰匙和房租的限制，只要想看，任何一棟豪宅，都可以進去參觀。夢中的街上，聳立著各種顏色的高塔，遠方的高樓群像未來都市般高聳入雲。

有時候，是一步步走在星空下無盡延伸的路上。風冷刺骨，空氣清新。夢中的星星不斷眨眼。

我迎著風，心神怡然，想對真一郎說，不論到哪裡，我都跟著你。

雖然好想說，但不知為什麼，我不敢說。

因為星光太亮，真一郎仰望星星的表情太高雅也太嚴肅，讓我無法開口。不敢說什麼。

唉，實際上在找房子時，根本不像夢中那樣，而是日復一日的平實低調。

看了許多奇奇怪怪的房子，是有趣的體驗。也有令人噴飯的怪屋。

例如，面對小商店街的套房，震天響的音樂聲傳進屋內，住在裡面，肯定會瘋掉。

「住在這裡，從早到晚都能聽到那兩個擴音器播出的聲音……」

我指著窗戶正下方電線桿上那大朵牽牛花似的兩個擴音器。

仲介商立刻回答：

「不會，因為晚上不播。」

厲害！不針對問題作答……就像國會裡的答詢。

「可是，周末時白天在家啊。」

「一個禮拜才兩天。」

我心裡想，一個禮拜才兩天在這個房間裡的人不是你，而是住這個房間的人啊！不過，我沒作聲。

然後，又看了必須站在摺疊梯上才能打開窗戶的房子。還有，只是一層樓的高度，卻硬做出閣樓，以螺旋梯銜接的夾層屋。夏天時睡在那東邊開窗、一大早就陽光滿室的閣樓上，肯定會熱死吧。

另外，也有整天都曬不到陽光的半地下式房間。

我覺得住在那種地方真是笑話，於是開玩笑地說：

「這個樣子連苔蘚都長不出來。」

仲介商已經厭煩百般挑剔的我們，又說：

「反正白天都出去上班了，不必在意吧。」

居家重視什麼東西？因人而異。有人在意到車站的時間，有人想要獨處的房間，各有所需。我的情況毫無疑問是日曬和到職場的距離。這裡不是山上，無趣的景色也多。每天走同一條路太無聊，最好是距離車站和職場都近。我想在可以走路到達楓家的距離內租房子。

雖然我一再說明，但仲介商總是把一切回歸到價錢上面，這也很有意思。我們從未說過「請找比較便宜的地方」，他總能像變魔術般，讓話題不知不覺又回到價錢的問題上。

雖然是人對人，也不是談什麼信仰或命運相關的話題，竟然能牛頭不對馬嘴到這種地步，真是有夠厲害。我笑笑之餘，感到一絲寒意。

如果，我認為理所當然的事情不再是理所當然，那麼，要如何活下去才好呢？理所當然的事情就是找到一樣的人一起生活嗎？

當然，事情是自然而然變成這樣，但因為不是永遠都是這樣，所以偶爾會遇到不同世界的人。那是感覺比外國人距離還遠的人們。我試著用調侃的語氣說明。

請對方在認知彼此立場不同的前提下，想像一下。

如果你的工作是栽種植物，你會怎麼想？栽種植物，曬乾植物，都需要陽光。住在日照少的地方，工作量不就有減少的可能性嗎？而且，有的品種不能在室內栽種，房間狹窄也就罷了，但是一定要有陽台。亦即，請他設身處地想想，仲介商找的店面應該在火車站前呢？還是在沒有客流量的街邊？這可是會影響收入的啊。

就這樣，我試著以金錢為主來做比喻。

沒想到居然講得通，這時我們的共通語言是「錢很重要」。

不可思議的是，一旦講得通時，眼前這個人漸漸像個人了。語言真的很奧妙，是個不能相信，但是非常好用的工具。

當然，我和祖母之間不需要那樣費神。幾乎所有事情不必特別說明，我們也能心意相通。我想，一起生活或是工作，就是這樣吧。不過，祖母給我的說明並不缺少。我在凡事都得到一番說明的情形下成長。

最讓我感到不可思議的是，就連沒有父母的我，都能得到那樣的說明而成長，這些人可能有父有母，為什麼沒有得到那樣的說明，不能試著想像不同的處境呢？

他們的父母在他們的成長過程中，究竟在做什麼？

雖然天天見面。雖然真的不知道明天是否還能相見。那些最愛的人。

光是這種令人感到震顫似的真實感就能觸動我，但別人又是被什麼動力觸動的呢？

在東京，穿過院子的風一變冷，冬天來了。

我喜歡都市裡的冬天，越來越喜歡。

雖然也喜歡山上的冬天，但對怕冷的我來說，都市的冬天像在南國。不用體驗那可怕的皸裂，真好。忘掉皮膚裂開、血絲滲出的獨特疼痛。

穿上外套出門，走著走著，身體漸漸暖和。臉龐慢慢發熱，舒服的光從頭到腳包覆我整個人。那有點甜美的感覺，讓我以為自己臉龐發光。身體暖烘烘，身外涼颼颼，像舒服清涼的風吹過身體。

那種新鮮的感受像麻藥般吸引我。

那才是都市的樂趣。

我常常走好幾個鐘頭的路。只是為了暖和身體。什麼都不看，什麼都不聽，只是走路。

到了晚上，夜色漸濃時，商店街的燈光顯得更亮，吸入鼻孔的空氣更覺新鮮。人們看起來有點寂寞，但是很溫暖。
像是做著愉快的夢，朦朧褪色的風景……。
乍看似無季節之分的都市風景，若仔細觀看，還是看得到種種跡象。
樹葉落盡，星星變美，呼氣變白，到處發出嗆鼻的篝火味道，每個人都開始深切回顧這一年的時候，是在這世上生而有限的人們各自的第幾個冬天呢？
每天，看著各式各樣的窗戶燈光，我這麼想。
這些事情輕易地讓我感到幸福。不過，這種感覺和幸福有一點不同，是像背部有點寒意但瞬間消失，而腹部深處熾熱燃燒的感覺。
我完全習慣了都市生活。
剛來時還以為絕對不會習慣，但現在已經完全習慣了。
或許，再也無法回去了。這裡比山上安全、舒適。
不用擔心蜈蚣和水蛭，空氣雖然汙濁，但不會死人，也可看見一些星星。
我像狗散步似的檢視藉著走路編織出來的獨家街道地圖，感覺像在山中散步一般。

而且，我在這裡，有值得做的事情，那是勝過一切的最佳工作。

楓不在日本的時候，我完全感受不到我在這裡的必要性。想到我的存在不太有意義，我會不會是他的包袱時，心情總是沉重。房間收拾得再乾淨，資料整理得再齊全，也沒什麼意義。

如果不能協助楓的工作，我在這裡也沒有用。如果只是整理資料、記錄留言、確認預約，有點常識的大專工讀生都可以做得很好。

我雖然和真一郎在戀愛中，但他住在遠處，而楓的房子也不是建在必須有人看守、整理的環境中。

等他們回來後，時間才會像從前一樣繞轉，我也才終於活過來，感覺有什麼流過，又為什麼在這裡？用皮膚、用眼睛、用耳朵，明白我存在的意義，明白我所在之地擁有的意義。

當我處在沒有意義的存在時，腦子裡的聲音變大。經過腦中不斷思索的期間後，我清楚理解到我活著，又處在什麼樣的潮流中。

偶爾想起山上的生活，除了空氣清新和印象漸淡的雜亂綠意外，其他什麼也想不起來。再多就是那棟清潔乾燥的房子，我和祖母生活的家。輪廓漸漸變淡，變得不鮮明，無法細密地追憶出來。

在這裡，因為無法感受到那種充滿世上所有生物（包括看不見的）的豐富感，偶爾會想念不已。但我已不再心痛，只是輕輕地沉浸在那像是電影畫面的歲月中。

星星、空氣、花草、樹木、精靈等所有東西爭相鼓譟，光是呼吸就得到能量，光是睜開眼睛就有生命光輝源源降臨的那種奢侈感覺，只屬於山上。

有時候因為某個偶然的機緣，猛然感受到那種意境時，是有如喝下鮮榨果汁般甜美的清新瞬間。

我是什麼樣子……總是抱持著必須屏息靜氣、或是突顯輪廓後才清楚顯現的緊張感。

有著「此刻我也活著參與，是這個世界的一個小零件」的流轉印象。

在都市裡，即使不夠沉著果斷也能生存，脆弱的時候尤其輕鬆。

來自外側的我，常常覺得現代社會的「人」都做著奇妙的夢。

人們一點也不覺得回到從前比較好。人們分擔各種工作，像走在想要改變「一輩子只是勞動和休息的結構」的嘗試錯誤途中。我覺得那是好事。

我在山上時，痛切地感到，生命的長短，是不能不思考的事情。

在山上，看到什麼聽到什麼，即使是臉盆裡溺死的蟲子，都和那方面有關。在那裡，生命是激烈的東西。可能猛然被奪走，也可能因為意想不到的眷顧而長存。那種情形很普遍，因此很難看出自己的價值，但相對地，在那裡，死亡並非寂寞之事。可以想做是某一天突然融入自然而已。

在人多的都市裡，生命的長短好像被錯誤的線綁住。

沒有矛盾的幻想，還能順利展開。但在高燒夢魘中、或是忽視某項事物而搭建起來的生命城堡，非常薄弱，容易崩塌。

在這裡，兒童很快變成半吊子的大人，在許多無聊的事情上，總是拖著童年不放，又充滿罪惡感地度過中年，在蓄意避開許多事物的情況下死去……，極端地說，我有這樣的感覺。

每個人總是傾身向前，早活五分鐘。

如果是早活一年或十年，肯定有什麼意義。提早五分鐘，只是匆忙而已。每個人都急，無端浪費能量。大概是因為他們都抱著能量隨時可以補充的幻想吧。

因為這樣，他們把人生的主導權交給時間和旁人，真是個奇妙的世界。

很多人明明知道自己不是那樣，但害怕有一天也會不知不覺變成那樣。因此，需要像楓那樣能讓他們清醒的人。

如果每個人都能回復本來的模樣，就能發揮可怕的力量。可是，在這裡，人們始終不知道那個力量就走進墳墓的可能性很高。人們覺得那樣也好吧。那就那樣，沒什麼不好。

不知道自己被誰、又為什麼被關進生命的牢籠裡，反正總有一天，鎖匙會自動解開。門也會打開。

決定不走出去的，不是別人，而是自己。

過了很久才想要出來時，已變得非常沉重。

我就是為了逃避那個沉重，在快要陷入時，手腳身體並用，專心一意地晾曬藥草、熬煮藥草、像傻瓜似地努力工作，讓心裡沒有負擔。但我還是有「再這樣繼續下去，就會變成那樣」的時候，尤其是沉迷電視的那段時間。瞬間窺見了那個世界，背脊一陣冰涼。

我常常看到祖母借助茶的力量，幫助某人回到能夠做他真正期待的做事狀態。只要肯下功夫、動動腦筋、拼命用身體，大部分的事情都能設法解決，可是人們好像都中了催眠術，沒有發現這點。

我也好幾次看到楓借助占卜的形式，讓某人發現自己原本的模樣。

那些場面有趣而令人著迷，其實，那如泉水般湧出的力量來自本人身上。幫忙楓，是一件可以隨時看到奇蹟、有趣得讓我渾身震顫的工作。那是眼睛看不到的朦朧事物在眼前變成看得見的東西、有如魔術的精采瞬間。

我看到什麼、聽到什麼，雖然都默不作聲，但看到客人進門時和回去時截然不同的表情，看到他們臉上閃現某種特殊的光采時，自己身體裡面也湧出驚人的力量。

冬日深深時，終於選好準備同居的房子。

有兩個小房間的舊公寓一樓，天花板很高。真一郎和我都覺得可以在那裡安定下來。

可是不知道為什麼，我腦中湧現不出兩個人一起生活的影像。

我的心興奮不起來，模糊的不安覆蓋眼前。我自己也不知道原因，只覺得兩個人一起生活，比結婚還沉重。

如果是這麼沉重，那麼再怎麼努力，恐怕也結不成婚了。想到這個，我就心情黯然，感到前途不明，無法融入。但我還是拚命說服自己。

既然組成了一心期待的家族，就不能再說不要，那樣太任性。不可以認為自己一個人過比較輕鬆愉快。

雖然會那樣想，但那本來就不對……。

我簡直在自我催眠。

時間自流，身外的事物不斷在變。雖然看到客人的表現，知道是有今昔願望不同的情形，但自己遇上時，卻是那麼遲鈍。

我很害怕，不敢請楓幫我看。楓好幾次半開玩笑地說，「既然有新的開始，讓我看看吧？搬家的事，還有你們的將來。萬一搬到奇怪的地方又發生火災，一切燒個精光，說不定還鬧鬼呦！」我只能敷衍地笑笑逃開。

我換個念頭，如果能早點一起生活，就會有很多快樂的事情吧。

我從沒感受過有個家、家人在同個戶籍、有每天工作之外一起生活的人的好處，因此完全沒有憧憬。

或許那時候就該察覺到。

嚮往不曾憧憬過的東西，根本行不通。

那天晚上，和仲介商簽好租約後，我在附近的定食餐廳對真一郎說：

「在不像伊豆那樣溫暖的地方，你還能做仙人掌的工作嗎？」

「大規模的可能不行，小規模的沒什麼差別。」

真一郎認真地回答。

「我們真的要住在一起了耶，雖然我還想像不出那幅景象。」

我說。

「嗯，沒住在一起過，是很難想像。我們並沒有一直在一起，只有晚上見面。我想，大概和過去沒什麼不同吧。」

真一郎說。他總是那麼具體、實際，非常沉著，但即使扣除這些秉性，他的表情看起來也並不興奮。

我說：

「我覺得我們應該更興奮一點才對。」

「實際上就是這樣，期望一旦成真時，反而不會興奮。」

他回答得越正經，我就越想說，不對，這是更抽象的想像問題。

我們的生活完全沒有想像空間。看不到空氣粒子突顯似的生活光采。

記得那時我深刻地想到，我雖然喜歡真一郎，但可能並不想和他住在一起。

因為是邊吃邊想，我把飯粒咀嚼到發出甜味，終於釐清那個想法，但再說出來也為時已遲。

現實兀自進展。

我自己也知道，寄居楓家的生活太輕鬆愉快，像在自己家裡一樣舒服，不想搬出去。這就是家人、親子之間的感覺嗎？

可是，單純地把祖母換成楓，我並沒有任何進步，因此感到無聊，也覺得我的人生被楓綁住了。我工作生活都在這裡，兼任管家、祕書和朋友，甚至要照顧片岡。

我雖然無所謂，但是整天忙個不停，即使再小心，也會傳出這種忙碌氣息，這對楓平靜的心，大概不好吧。我覺得，相處的時間短，才會輕鬆。

我太急著「必須搬出去不可」。

我以為，盡量去做不同的事情就是成熟，這好像有點不對勁。我想，我是中了人類社會的毒，失去了本能的力量。

當我在做其實不是真正想做的事情時，會變得多話，煩躁不安，腹部深處生出沉重的小塊。

當它漸漸變大，突然來到現實中時，我總是覺得「果不其然」。

因為我要先搬進新居，於是把行李搬出楓的家。

看著行李一空的房間，有點落寞。

真一郎移植給我的仙人掌長大了一點，我想親自帶走它，輕輕抱著花盆。帶著依靠仙人掌的心情走出門。還對它說，我們各自進來，卻一起離開。

楓靠在玄關牆邊，用不太看得見的眼睛為我送行。

「那、下禮拜見。」

「嗯，下禮拜見。」

雖然嘴上只這樣說，但我們交換了某種心情，像是在說：「時間過得這麼快。」

是有比語言更確實的東西。清晰到可以摸到的程度。

我突然想到。

我不會再住進這棟房子了。這一生都不會了。

也許還會有借住的時候，每天也會來工作，但不會再在這裡生活了。那麼震撼的瞬間來得這麼快。

不過，來得快比較好，我可以像平常那樣自在地走出去。

楓和片岡看著開車來接我的真一郎，面露微笑，我覺得不好意思，趕緊放好行李離開。楓明明看不見，卻笑嘻嘻地和片岡嘀嘀咕咕，真的很討厭。

即使如此。

和楓在一起的短暫生活，真的很快樂。

就像小學放暑假時到表姊家住的那種非日常快樂。我們常常聊到半夜，片岡也來時，就一起玩UNO牌，工作忙的時候，會加班到不知不覺在客廳睡著了。我們也是確實知道同住的時間很短，所以才那樣過。

例如，某個黃昏，忙碌的一天結束後，我們喝著茶，在短暫的沉默中，楓已在沙發上睡著。我幫他蓋上毯子，自己坐在地板的靠墊上喝茶。因為太累，也不知不覺睡著了。

忽然醒來，看著客廳的地毯圖案。抬起眼睛，楓睡在沙發上。咦？這是哪裡？現在幾點了？天花板上的燈光明亮，光燦地照著我們的睡眠。

窗外已經變暗，夜的氣息充滿外面。

真好！像家人一樣。我看著楓熟睡的臉，心想。

楓是寶貝，是我的寶貝。

奇怪的是，同樣視楓為寶貝的人……例如片岡，我也無法討厭他，反而越來越喜歡他。

我伸個懶腰，慢慢抬起稍微清醒的頭和身體，準備晚餐。意外的睡醒、突然來臨的令人感到滿足的安靜時刻。那也是一種幸福的形式。

為什麼人們不能永遠帶著這種心情生活呢？

但事實上，我也一直不自覺地像在露營似地過生活，也不符合這個想法。

重要的是，因為期間有限，所以有許多的快樂。

決定搬家的日期後，我抱著感謝這個家讓我住過一段時間的心情，以整理房子（我雖然不會打掃，但有做總比沒做好），適度地讓楓獨處，來快樂度過剩下的有如冥想的安靜清朗日子。

這麼想後，每天的平常小事都讓人感到珍貴起來，連呼吸都感到難過的事情更多。

楓回國後有一陣子，很愛吃日本料理。這也難怪。我每天都高興地出去採買食材，幫他煮日本家常菜。

如果那種生活能一直持續下去，楓就不會每次都說「好吃、好吃」，而我自己很想吃西餐時也會抱怨一兩句吧。

……不對，可能不是這樣。楓感受時間的方式好像和一般人不同，他似乎不是連續性地思考每一件事物。他不會肚子不餓時也吃東西，但是少量就會滿足。他不喜歡的食物只有海參，但家裡不吃那種東西，所以沒有關係。我總覺得他的時間是立體的，不是一直安定的，而是剎那的。

因此，我覺得他每次吃飯，都像生命中第一次吃飯。他總是讓人覺得像是從漫長的夢境中清醒過來。

他說「好吃」就是真的好吃，他說「再見」……，幸好我還沒聽過，大概就是真的再見了。

他看似甘於做個小鎮的占卜師，其實他在任何人、包括我和片岡都不知曉的情況下，努力磨練他的功力。就像在打造一把鋒利的刀。劍術高手看到他，大概可以明白他過的是專心致志、努力不懈的日子吧。

因此，看到和平、沉默的時刻常常來拜訪他，我覺得那像恩寵。

例如，有一天傍晚，客人回去後，當天的工作也結束之時。

還是夏末時節，所有的緣都在燃燒，新鮮的顏色和薰人的夏天味道在空氣中解放。

不知是為了舒緩客人的心緒，還是為了讓眼睛幾乎看不見的楓視野多一點亮度，他房間的窗戶很大，總是敞開窗簾。以為算命都是在陰暗神祕之處進行而來的客人都會稍感驚訝。夏天的中午特別明亮。幾乎看不見樹枝的綠，像覆蓋窗戶般從四面八方伸過來。變化萬端的透光綠色在風中躍動。像一波波打來的浪。

我端茶給楓，瞬間被那光景迷住，心想，這些綠在楓的世界裡是什麼樣子？是扭曲的能量？還是朦朧無邊的綠色？

只有我一個人時，每天可以照自己所想的過生活，但是楓喜歡在固定的時間做固定的事情。

因此，一天的工作結束後，我都要泡一壺讓頭腦休息、心情開朗的茶。楓的杯子是雪白的GINORI，我的是在附近買的小豬圖案馬克杯。品味的不同，似乎顯示了我們不可能發展成戀愛關係。他偶爾口氣粗魯，但終究是個好男孩，而且是個非常挑剔的同性戀。他這輩子都無法改變那種生活吧。

除了嫉妒他的能力外，沒有人會討厭楓。很容易就喜歡他。

楓毫不猶豫地伸手拿起杯子。

那模樣就像武士收刀，背部挺得筆直。他喝口茶，靜靜望著窗外。

我有時候想問他，你在看什麼？

可是，楓自己也無法說明吧。

那天，楓為了清除房間內沉澱的空氣，打開窗戶。天空還很明亮，清風吹進屋裡，拂過我的鼻尖。穿過樹木而來的風，味道很清新。遠處街上的車聲和歸巢的鳥聲彷彿近在耳旁。

「今天也愉快嗎？」

我問。

「為什麼這樣問？」

楓笑著說。那個笑容看起來很快樂，即使沒聽到答案也知道。

「這麼舒服的風吹來，明明哪裡也沒去，卻感覺像在旅行。遼闊的記憶布滿眼前，完全忘掉我是看不見的。我想起前陣子去羅馬時，街燈的光亮在我眼中朦朧如夢，還有上街喝餐前酒時的石板路感觸。」

楓說。

是嗎？一扇窗戶、一陣風載送的無數訊息……我也猛然想起都市生活中漸漸忘掉的那種感覺。

那種只要用心呼喚，終會回來的感覺。

那種像是翱翔高空的飛鳥之歌，我永遠是廣大世界一部分的感覺……坐在地毯上仰頭看著楓，我也滿臉是笑。

為了玩味這種感受，我可能會天天凝視他。

那天，長居馬爾他島的祖母寄來一個小包裹。

她常常寄些橄欖和乾燥的仙人掌花來。這次寄來的是手工仙人掌果醬，甜得要命，但是超好吃。

包裹裡面還有一個小盒子。

打開一看，裡面是一條翡翠白蛇。邊緣有點發黑，也有裂痕。

裡面有封信。

「妳去台灣了嗎？

還是預定要去？

因為我腦中浮現好幾次妳在台北的模樣。那個畫面中，妳的表情有點徬徨無依。

所以，我寄這些馬爾他島的東西時，順便把以前有一位好友送我的翡翠白蛇寄給妳。

他是台灣人。從事有點危險的工作。雖然不值得多說。

前天整理珠寶盒時，這條蛇突然滑出來，感覺它好像在說，我要去雫石那裡。雖然有點裂隙，但戴在身上沒有妨礙，如果有損壞，就送去修補吧。

祖母」

我一邊尋思為什麼？一邊用皮繩穿過咬住自己尾巴的圓形翡翠白蛇，掛在脖子上。

從台灣到日本，又從日本到馬爾他島，再從祖母到我。在更早以前，從更多的人手邊、從土裡……經過漫長的時間來到我手邊的這條蛇。我要好好守著它，如果有損壞，就送去修補，然後繼續寶貝它。

這是祖母給我的第一個帶在身上的東西，我有點激動。

祖母的多謎，總是讓我好奇。

凡事必有前兆。

祖母的小包裹也是一個前兆。

我不擅長比較。在藥草的世界裡，必定有藥效極為優異的一種植物，但是單單使用這種植物，未必能做出藥效很好的茶。大概是欲望超出平衡時就無法順利發揮底蘊吧。

陽光充足的地方長出來的植物必有相應的缺點，土壤貧瘠的地方栽種的東西，因為攫取該地所有的養分，藥效出乎意料的強。因此不能一概而論說，全世界的蕺草（魚腥草）都對這個病有效，祖母更像施咒般區分採摘的地方，「花粉症是用這邊長的，子宮肌瘤要用種在後面田埂旁的。」

我在那種世界長大，因此深切知道比較的無意義。

但我還是做了比較。

我超出立場和狀況，用身體去選擇哪一個能讓我產生同感。

那可能是故意模糊自己居住的世界並樂在其中後，不知不覺被迫做個選擇。雖然兩邊都是自己的生活，但某一邊的分量會漸漸加重，沒有辦法。

藉著分辨藏在兩個相似故事中的巨大差異，我又知道了自己的一個特性。

就是我能忍受什麼？不能忍受什麼？不是走對或走錯路的問題。而是有沒有一致。就像蜜蜂並未經過精密的計算就能造出幾何形狀的蜂巢，我也有不能改變的清楚規則。

那意味著我就是我。說這是與生俱來的意義，也不奇怪。因為那是清楚得近乎冷靜透澈，即使一度蒙混過去，終究仍會實踐的靈魂承諾。

雖然不知道是和誰定下的，但是一個非常重要的承諾。

當她在院子的樹蔭下出現時，我沒想到她的話是和我有關之事的前奏。只覺得她是長相很有意思的女人。眼睛和嘴巴很大，呈現有趣的平衡，像小孩的臉。

但是當我在玄關迎接她、和她正面相對時，感覺好像在哪裡見過。

她也是詫異的表情。

「呃……我們好像在哪裡見過？」

我說。

她幾乎同時開口：

「我想起來了，妳是山上藥草茶那裡的女孩！」

我也想起來了。那時，這個看似平常絕不運動的女人穿著不合身的運動服，推著生病爺爺的大屁股，幫助他吃力地爬上山來，讓我特別留下印象。

「那位老爺爺呢？」

我問。預期會聽到噩耗。因為那是很久以前的事了，那時老爺爺剛動完癌症手術，身體狀況非常差。

可是我記得祖母也有說：「還感覺不到那位福山老先生要走完壽命……。」因為祖母從來沒有失誤過，所以我沒有顧忌地問她。

她隨即開朗地說：

「其實，我爺爺已經好了，沒有復發。那次能夠爬上山去，讓他產生自信，覺得自己還有救。加上，那個茶也很有效……。那個茶真的好厲害。感覺總是像在山上時那樣源源湧出力量。」

仔細打量，她化了很濃的妝，乳溝微露，小腿豐腴，非常性感。

完全不似她在山上時的模樣，那次肯定也是她生平頭一次爬山。她是那種不運動的身材。

「我曾寫信道謝，順便通知這個消息，可是信被退回了。」

她說。

「祖母下山了，去馬爾他島。」

我說：

「我現在在這裡工作，請進。」

「唉呀，真巧！」

她微笑說。

甜美的聲音和瞇成月牙狀的眼睛射出溫暖的光。她不是美女，但是身材性感，有股說不出的味道。她的門牙有一絲小縫，那也很有魅力。她是乍看熱情其實安靜的人。我可以感受到她內心的寂靜。

「如果有時間，我們等一下喝茶聊聊？」

她說。

「好啊，福山小姐就是今天最後一位客人，只要等一下，我很快可以過去。」

我說。

咦？我記得他們去看祖母時她已結婚，是不同的姓，難道她離婚了？

我訝異自己不斷搜尋以前資料的職業根性。或許我真的很適合這個工作。

「就這麼說定。」

她說。

我領她走進楓的房間。

楓一感受到她的氣息，就滿臉是笑地說，

「呀，是敦子，好久不見！」

楓很少那樣溫柔親暱地呼喚別人的名字。而且他對性感派的女人向來很冷淡，可是對她沒有排斥。親暱地像要緊緊擁抱她。不過，那種擁抱不是男人擁抱女人的感覺，而是朋友相擁、互拍肩膀的感覺。

我送茶過去時，驚訝中帶一點輕微的嫉妒，但是看到笑得開懷的他們後，那種感覺立刻消失。

能夠的話，我真的很想嫉妒，但醋意不自覺地消失了。我想設法嫉妒，不知為什麼做不到。自己都覺得不可思議。因為我也不是特別喜歡敦子。

我莫名地感到很輕鬆，無所謂的自然感覺支配了這個空間。她在這裡，是那麼理所當然。讓人感覺本來就是這樣。

敦子讓楓看了一個小時左右，笑嘻嘻地走出房間。

向我點個頭。

「我在站前咖啡廳的二樓等妳，我還要先去書店，三十分鐘後見。」

說完，意氣昂揚地走出玄關。我猜結果很令她滿意。

楓看過敦子後，樣子就像沉浸在音樂中。他那安靜的姿態散發出做完一件喜歡工作的充實感和見到喜歡的人時的幸福、興奮。

像是彈奏完一場精采演奏的鋼琴家……雖然我沒直接見過。洋溢的力量顯現出她帶給他的能量。

這是怎麼回事？更不可能的是，我感不到一絲嫉妒。只是覺得「很好」。楓如果幸福，我也感覺幸福。我沒有說謊，也不是賭氣，只是高興。有著一種慢慢散發出來瀰漫整個空間的美好感覺。讓我覺得，只要楓歡喜，我也歡喜。

我很清楚，那不是因為敦子的相貌或是性感，而是她帶來的能量，快樂、純潔、大方，像來自春天的山野。我知道楓度過了一段受到祝福的時刻。

收拾完畢，我帶著文件回去。

片岡會帶餐廳的外賣食物來，所以不必準備晚餐。

我迅速離開楓的家。

在門口碰到剛抵達的片岡。

「我先走囉。」

我說。

「那個女的回去啦？」

片岡問。

「福山小姐嗎？已經回去了。」

我說：

「用語怎麼那樣失禮？」

「誰叫她一來，楓就那麼高興，真討厭。」

片岡說。

「老朋友嗎？」

我問。

「不是，是他以前的未婚妻。」

片岡說。

「啊？」

我真的大吃一驚。幸好天色已暗，看不到我驚訝的表情。

思想起來，那也有可能。我能理解，楓也會有種種的過去……。

只是理解得太快。

「小學時候的啦，放心。」

片岡說。

「我擔心的是你。」

我笑了。片岡揮揮手，走進屋裡。

是嗎？未婚妻？

對楓來說，童年大概是一段美好時期。他的良好教養，讓人感覺那是一段隨時想要回去的美好時期。楓的母親和祖母那時還活著，一定最疼愛這個可愛的孩子吧。

那個世界裡也會有可愛的少女……不知道為什麼，我就是不會生氣。只是覺得真好、非常好，越加喜歡楓了。

我確信在這一生中，他沒有期待落空、感到失望的事。

站前大廈的二樓，有間可以俯瞰街景的玻璃帷幕咖啡廳。那裡的咖啡很苦，但是很好喝。不夠清醒的早晨，我常在那裡喝杯咖啡後再去上班。

那種苦與熱讓神思漸漸清醒的感覺無可取代。我在家裡多半吃自製的優格代替早餐，因此胃裡沒有沉積物。眼前流過像電影中人潮從車站裡面蜂擁而出的景色，一點也不無聊。明明只停留十五分鐘，卻像在那裡待了一個小時。

這算是都會生活的樂趣吧。而且水平相當高。一定是早晨打水、採摘水果、到田裡拔取早餐要吃的青菜的那些依戀情緒，編入我的DNA了。

很久沒有在黃昏時分去那裡了，我看到敦子坐在窗邊。她也看到我，揮揮手。

走上狹窄的樓梯，昏暗的店內籠罩著夜的氣息，大片玻璃窗外，是車站的熱鬧模樣。在燈光的照射下，敦子坐在那裡，恬靜得像古畫裡的人物。

我略微想像，如果我是她的情人，她那樣挺直背肌、露出乳溝、輕盈淺笑，今夜就只等我一人，一定很高興吧。

「不好意思，讓妳久等了。」

我說。

「我在書店買了很多書，看得很專心，時間一下子就過去了。」

敦子笑著，眼尾擠出魚尾紋。

「好久不見。」

點好咖啡，我坐下來。

黃昏的站前更顯蒼茫。看著急於回家的人們，明知他們未必都有甜蜜的家庭可回，我還是暗自神傷。

「對了，那時候多虧你們照顧。真的謝謝妳，那個茶是爺爺的護身符，真的很有效。」

「妳還記得啊。」

「那次上山是爺爺的美好回憶。想到那次或許是最後一次，山和綠蔭彷彿都逼到眼前。」

敦子說。

「沒想到你們真的爬上來，以那樣奇怪的組合。」

我想起他們的模樣。

敦子牽著老爺爺的手，喘吁吁地說，爺爺加油，汗流浹背地爬上山來。兩個人都累到癱在我們客廳，一時說不出話來。接著互相說「到了」、「終於到了」，哈哈大笑。笑個不停的他們雖然喘得難過，還是很高興，就像來遠足的普通祖孫。

他們站起來後，還是笑個不停，流出眼淚，又趴下咯咯大笑。拍著彼此肩膀笑說，為了什麼來啊？

我和祖母只是一旁看著，在我們客廳笑翻的他們。

祖母也訝異地笑著說：

「我第一次看到病重的人笑得這樣開懷。」

我也忘不了那時老爺爺的可靠和她的正直。那裡面有著男人與女人的幸福原形。

「雖然很辛苦，但是非常好。我忘不了那個景色。因為心裡想著這可能是和爺爺最後一次爬山了，想把一切景色都烙印在眼裡，綠色像滲入眼裡，遠山也近在眼前。」

敦子夢囈似地說，長長的睫毛眨啊眨的。

「在那之後，我的人生就像做著甜美的夢。每天都有死後回顧美麗人生的美夢感覺。楓現在很幸福。有妳支持他，和男友也很穩定，光是看到這些，我就更加快樂。」

……那次上山，改變了我的人生。我不知道為什麼，可是在那之後，我的人生意義戛然一變。那絕非壞事。而是美好的事。

直到今天，我還時常想起在妳祖母家的地板上翻滾笑出眼淚的情景。

那時，我心裡的沉重，爺爺動大手術的打擊，突然像爆炸似的不見了，重要的是，爺爺在我眼前活著哈哈大笑。就在那時，妳很自然地端給我一杯冷得剛好的茶？」

「是山白竹和蕺草的茶。」

我說。

「甘甜可口得無法想像，迅速滲入全身。」

敦子說。

「我還很好奇，怎麼有這麼可愛的女孩在這種山上工作。」

「哪有可愛，臭兮兮的。」

我笑說：

「衣服也只有三套。」

「妳那時的眉毛比現在粗，有點野氣，那樣子很好。」

敦子說：

「那時還沒認識楓嗎？」

「對，是下山來到這個小鎮後才認識的。」

我說：

「妳也很久沒來這裡了？」

「嗯，我大概一年來一次，或許久一點，我上次來時是多久以前……是來看離婚那次。」

敦子說。

啊，果然離婚了。

「我是爺爺帶大的小孩，滿腦子都顧著爺爺。」

敦子說。

「你們祖孫看起來感情很好。」

「因為太專心顧他，結果被老公甩了。那時候來是最後一次吧。沒想到妳會在楓這兒工作。」

敦子說。

「我也是，這真的是巧合。」
我說。
「不對，不是巧合，一定是大家有緣。」
敦子咯咯地笑。
「怎麼會有這種事！在山上見過一面的女孩，竟然在我童年好友家工作！」
「不知道，也可能是這個業界太小了。」
我也笑著說。
「不過，真的很好，能再見面。我真的想跟你們道謝。」
敦子說。
「那次以後，我也經歷許多事情……那時候，老公和我表姊搞外遇，真是亂七八糟。」
「在心愛的女人因為最愛的爺爺生病而感到脆弱的時候，故意外遇，真是不可原諒。」

我不明白事情始末，逕自發表議論。

「我也不好。」

敦子啜飲奶茶，笑著說。

「我只顧著爺爺，一直住在娘家。寂寞吧，助長了他的外遇。」

「要是沒同時發生那麼多大事就好了。」

「嗯，真的，能夠這樣就好了。」

敦子說，語氣是讓人欣賞的爽直。

「爺爺生病後，我腦子裡就只有這件事。

前夫當然對我還是很溫柔。因為我和表姊很少見面，只有家族的法會時才會見面。

那時候……爺爺的病情穩定，我有些寬心的時候。在法會上見到表姊時，我覺得她手上的戒指很眼熟，發現那和我前夫手上的銀戒指是一套對戒。可是我完全沒放在心上，只覺得非常巧。

後來，我覺得他的樣子不大對勁，想到法會時表姊的樣子也有點奇怪，心下起疑，但在表姊找我出去談以前，那段日子最難過。她找我出去談過後，當天我還是回到和老公一起生活的家。

那段時間真的很難過。每天的生活雖然無異，但是心情沉重，像在做惡夢。我不知想過多少次，假裝沒有發現，讓事情自然過去就好了。即使知道了，什麼也不做，就可以當作沒有那件事情般照舊生活。可是，他們一定希望我早點發現吧。所以故意那樣做。」

敦子說。我感覺她受的傷還很新。她的姿勢和手的位置，偶爾顯露孤兒似的畏縮。那是受過傷的人特有的味道。她的一舉一動都會猛然發出新傷口的黏濕味道。

「妳是來問那件事的嗎？」

我問：

「如果不想說，可以不說。」

「不會啊，那是早已過去的事。」

敦子笑著。

「我今天來，是問和現在的同居人暫時分開不要緊吧？他是澳洲人，母親生病，要回去一段時間。我過一陣子也會去，度個遲來的寒假，一個月後再回來。因為這邊還有事，以後只能偶爾過去……。因為我繼承了爺爺的事業，非常忙。女社長嘛。不知我們以後有沒有問題？

楓說了很多好話，我們可能不會結婚，但是八字很合，他也想念我，兩人會繼續相愛，也可能生孩子。」

「這樣啊，真好，妳現在幸福嗎？」

「嗯，妳放心，我不會搶走妳珍視的楓。」

「我也搶不走，因為有個超厲害的人緊緊地黏著他。」

我笑著說。這種女性的玩笑有人會覺得很重，越是故作輕鬆時越是如此，但是對她，我輕鬆自在。我們一定很投緣。

「唉，我一看到楓，就感到安心，因此，我是來看他的人比是來算命的感覺更強。我現在很安定，對爺爺會死的心理準備，也比那時更強。那時候還是小女孩，好棒的年紀。小女孩結婚本身就是個錯誤。

我想念楓，或許我真的只是想看看他，好回到原點。

我和他一起度過非常美好的童年時代，不論有什麼事，看到彼此的臉，就覺得沒問題。

我對他的感覺，是初戀情人嗎？還是懷念的象徵？」

敦子說。

雖然是我不知道的往事，但我聽了以後，感覺很好，像看到懷念的景色。

「對楓老師來說，一定也是這樣。」

我說。

「要看照片嗎？」

敦子說。

「什麼照片？」

我問。

「楓小時候的照片。」

敦子笑著說。

「要看、要看，妳有帶來嗎？」

我說。

「是我們兩家去海邊時照的。」

敦子說，在收納整齊的皮包裡快速摸出記事本，拿出照片夾中的兩張照片。

一張是還非常年輕的敦子爺爺、幼小的敦子和一個清瘦男孩的合照。敦子滿臉是笑，楓卻是一副委屈的倒八字眉。

「楓被曬得頭昏腦脹，很不高興。」

敦子指著照片說。

背景是平靜的大海和戲水遊客。在大陽傘林立的海邊，兩人手牽著手。非常可愛的照片。楓蒼白瘦弱得讓人很想緊緊抱住他。長長的O型腿，嘴唇像女孩一樣鼓鼓的。

另一張是楓和母親及敦子的合照。也是在海邊，他母親穿著顏色漂亮的洋裝。長得很像楓的美人。楓和敦子坐在堤防上吃冰棒，楓戴著帽子，看不見他的臉。但很清楚知道那是楓一生中最幸福的瞬間。敦子的頭髮紮在兩邊，舔著冰棒，笑得很開心。很溫馨的照片。

「咦？那個是翡翠嗎？」

我低頭看照片時，敦子看著我的胸口說。

「對，祖母給我的，是在台灣買的。我不太清楚祖母的過去，但她好像住過台灣，有一點裂痕，所以戴在裡面。」

「哦……妳如果去台灣，我爺爺有個珠寶匠朋友，我介紹給妳，手工非常便宜。」

爺爺從事台灣進口的加工翡翠生意，不是本業，算是副業。我小時候不知去過多少次台北的玉市，我現在也繼續這個事業。買回加工過的翡翠，在日本製成項鍊、戒指和別針再出售。就像妳現在戴的。

說不定我小時候曾經在那裡和妳祖母擦肩而過呢，就像我們現在這樣，真是有緣千里來相會。」

敦子說：

「爺爺身體穩定下來後，有一段時間，我常常陪著他往返日本和台灣。那裡是很好的溫泉療養地。爺爺是工作狂，一回日本就要工作，所以家人商量好，讓他暫時留在那邊。當然由我陪著去，負責監督照顧。

台北和東京同樣是大都市，但是氛圍完全不同。時間是按照人的律動而走……上次爬山嘗到甜頭後，我們常往郊外，漫步在大自然中。雖然不像那次那樣辛苦，但是那些綠樹、昆蟲、清風，都有助於爺爺恢復健康。那邊氣候溫暖，盛產南國的水果，綠蔭深濃。我也藉此從離婚的打擊中重新站起來。

爺爺本來就反對我結婚，他希望我繼承事業，他常常跟我說，妳有男人的氣魄，一定做得到。可是我違逆他的期待，跑去結婚，工作成了副業。但離婚以後，他看我願意繼承事業，手術結果也良好，沒再復發，又湧起希望，身體也漸漸康復。那段期間，好幾次跟我說，能和心愛的孫女在台灣，活著真好。

的確，擁有足以忘卻病痛的快樂，真的很重要。因此，對我來說，台灣是我想報恩的國家。在我修正人生軌道的最佳時期，給我許多美好的事物。」

「是嗎？哪天我也想去看看。」

我說。恍然如在訴說遙遠的夢。台灣、台灣……，最近到處都聽到台灣的事情，我想，其中一定有什麼機緣。

「很容易啦，搭飛機只要三個小時就到了。我忙的時候一個月還去兩次。」

敦子笑說：

「還是楓讓妳忙到無法休假的地步？」

「那也是……，好奇怪。」

我說：

「我很少為了娛樂而去旅行，雖然來到這裡並不久，不如就找個時間去辦護照。」

「是嗎？以後就多到各地走走，也可以去妳祖母的馬爾他島。」

「要去嗎？」

我很少想過這件事，有點愕然。但心裡不由得躁動起來。好像現在才察覺，是啊，以後也可以去見祖母啊。

「妳過去一直在山上工作，而且太忙，感覺可能有點奇怪，妳一定是太認真了，偶爾也該休息一下，跟楓說說看嘛。」

敦子笑著說。

「也有休假啦，只是最後都是照顧植物度過。」

我說。

心裡想著，以後兩個人一起生活了，能依靠真一郎嗎？

「都市太新奇，我還處在旅行都市的心情中。」

我說。

「一定是這樣。」

敦子率直地同意。

這時，我完全沒有想到，我會在不久的將來去台灣，也捲入相似的故事裡。

真想狠狠捶一拳那時遲鈍的我，或是溫柔地撫摸我的腦袋瓜。也想緊緊擁抱自己。更想痛罵一頓自己。好想回去。那五味雜陳、讓人受不了的複雜心情。

想到敦子的笑臉時，也會想起自己那時的天真。那是一次涵括種種徵兆、暗示和訊息的奇妙會面。在時間空隙中突然出現的中場休息似的邂逅。雖然是有如夢中見到的美好會面，但感覺她是一直在我身邊的人。

我想，那是神緊急賜給散漫遲鈍的我的機會。

敦子說：

「我真的很信賴楓。

在我心力交瘁的時候，楓這麼解釋我老公和表姊。

『他們喜歡的是妳。總歸來說，他們在憧憬妳、嫉妒妳、想要得到妳的這方面，興趣一致，說他們是為了刺激妳，不如說他們是想擾亂妳，因而展開的。

因此，妳只要抽身出來，他們就沒有互相吸引的動力了。這樣想想，似乎也不壞。

不過……，我是不太鼓勵啦，只是覺得趁這個機會分手比較好。我以前就認為，妳是不結婚也完全無所謂的人，這樣繼承爺爺的事業也不會有那麼大的壓力。

將來有一天，妳會生孩子。我可以看到，爺爺會活得比大家預期的久。妳現在走在岔路上。可能是爺爺的病讓妳疏忽了吧？』

我當時完全喪失自信，覺得自己毫無價值、怎麼樣都無所謂了，只是一逕等待老公回心轉意。……我只想結一次婚，想持續婚姻一輩子……可是聽了以後，我好像明白什麼了。

我想起很多事，明白了原來如此。
以前我認為他們是想撇開我而互相吸引，因此有許多我不明白的地方。
他們為什麼不離開我？為什麼故意讓我看到戒指？為什麼故意引發爭吵……假如楓說的對，我就可以理解他們種種不可解的行動了。
於是，我堅決和他們保持距離。剛開始時很難過，每天坐立不安，腦子裡想的都是他們，但開始工作後，每天專心做事，心也漸漸踏實了，即使他們打電話來我也不理，放著不管。
這樣下來，果然如楓預測的，他們不到一年就分手了，老公回到我身邊。我曾想和他重修舊好，跟他見了面，可是，我們已不可能再好好相處，於是正式離婚。我覺得這樣真的很好。」
我看著她清澈的眼眸，心想，一定是真的，也再次感到，楓打開的門就是這樣，穩穩地把人送到該連接的地方去。
如果她和前夫破鏡重圓，在老公莫名的嫉妒作祟下，一定會失去眼眸的光采，以及那天和她爺爺笑翻在地的可愛。

我可以理解，難得表示自己的意見、只是聽憑客人自行選擇的楓，為什麼清楚地對敦子說「不太鼓勵」，是因為不想讓這世上失去這獻給老天的甜蜜笑容。

「我不會吃醋的，妳真的要好好幫忙楓。對我來說，他真的是很重要的人。我小時後的夢都凝聚在他身上，只有看到他，我才想得起來。」

敦子的小手緊緊握著我的手說。

明明知道承擔不起，我還是用力點頭，

「我也這麼想，他是值得守護的人。我想幫他。」

太好了！敦子露出微笑。

再見！我們笑著在站前分手。

「祝妳有個美好的寒假、愉快的澳洲生活！」我說。

「也祝妳有一趟美好的台灣之旅！」敦子開玩笑地說。

那時，敦子的故事，完全是別人的事。痛苦也是別人的事，我不曾設身處地去想。我從沒想過，真正和某個人訣別的事情，也會降臨到自己身上。人心的風暴，那些自己無法阻止，不哄慰、安撫、擱置一下就不會停息的事情，我經歷太多。當我每次感受敦子也經歷過的那些事情時，就會想起敦子。

這時，不知為什麼，胸腔會光亮起來。

想到她那雪白的脖子，心情就會開朗一些。

不久之後，前往真一郎故鄉的那趟旅行，成為我們分手的契機。

就在我這部分的搬家工作已經結束的階段。

如果已經過了那個階段……真一郎的行李已經搬進他的房間，也完全安頓下來之後，我們還可能繼續在一起吧。

感覺所有的事情都撞在一起，或者是時候到了，才注定這樣。我想，這樣也好。雖然有些夜晚難過得不願這麼想，但還是認為這樣沒錯。如果在一起生活，或許就無法分開了。

或許因為同居生活還處在未落實的狀態，因此我還習慣一個人，在緊要關頭也救了我。

直到現在，我一想起這件事，就感到喘不過氣。想到我喜歡他的程度和意義，與他的內心不成比例，就眼前一片漆黑，充滿真正的寂寞。

別人不像我這樣了解自己、愛自己，雖然是很正常的事，但這和真一郎的笑容一併想起時，感覺特別難過。

這和離開我愛她、她也愛我的祖母時不一樣。我這才了解，所謂的他人是什麼意思。

即使如此，沒有人能奪走我的那些日子。

就連當事人的真一郎也無法奪走。

喜歡那些日子裡的我的真一郎已經走了，燦爛的回憶留存在永久無人玩賞的地方。想了好幾次都一樣，我們的關係只在我太懦弱、他無法離婚而苦惱的設定期間內有效。這個關係只在我是單身、他也是一個人的密室內才能有效運作。只要外界稍微介入，這個世界就毀了。

那裡雖然是我擁有仙人掌、溫泉和情人溫暖的小樂園，但時間一到，就必須離開。

我想，在我離開祖母感到孤單的期間，神把那樣的好男人借給我，當我找到要做的事情後，就必須將他還給祂的命運。

雖然我不太想談這件事……。

因為當我想談的時候就會喉嚨哽塞，胸口刺痛，渾身倦怠，難以辨別顏色和滋味了。

可是不談那個，我的人生也無法前進，也想不起之後的許多事情。

真一郎有個一起負責園藝社的好友高橋君。他是真一郎在這世上最尊敬的人。

他因為腳不好，從小坐輪椅，心臟也有問題。可是他擁有神奇的綠手指，很會栽種植物。真一郎受到他的感化，走上園藝之路。

就像看地圖般，從遠處觀看整體會非常清楚。

「因為高橋君的庭院太美，導致我們必須分手。」

我想就是這樣。

起初，真一郎還有些猶豫，是該繼續留在伊豆？還是搬來東京？

如果從事園藝業，伊豆那邊的氣候、設施、地價等，在所有條件上都好很多。

於是我說，我無所謂，只考慮你喜歡的地方吧。我認為，他即使留在伊豆，對我們的交往也沒有影響。

可是，真一郎覺得，必須顧慮我的情況。

或許是前妻的意見還留在他耳邊，也或許是擔心我和楓他們過於密切的人生。不論如何，真一郎不是無聊的人，想得很周到。

但我覺得，如果有「必須好好當一回事」的心情，就意味著那件事本身是虛假。

但我不願意這麼想，只好閉上眼睛。可是閉上眼睛、塞住耳朵後，世界漸漸變得狹小侷促，感到呼吸困難。雖然這樣，我還是想和他在一起。

現在想起來，真一郎知道，我其實並不想和他一起生活，也感到和他之間不再有新意。

真一郎說，用我喜歡的低沉聲音。

「我想看看自己的原點，想去已過世的高橋君家，看看那個庭院。他死了以後，不知道他母親怎麼管理的，但是只要看過那個庭院，我一定會弄清楚什麼。可以的話，陪我去吧？我想在開春的時候去，因為新工作開始後，就很難走開。」

我回答說，當然要去。

「你多久沒去了？」

「參加葬禮那天是最後一次去，後來，我結婚了，搬到伊豆……真的很久沒去了。高橋君死後，也沒有去的理由了。不過，那真的是個美麗的庭院，我那時深受震撼，產生無論如何都要走上園藝之路的心情。從此放在心上。即使那時的衝擊變淡了，只要一想起那個庭院，依然湧現強烈的印象，漸漸地產生懷疑，那是我創作的嗎？真的是這樣嗎？雖然怕看，但還是想看。」

真一郎說：

「不知道現在怎麼樣？他母親大概還保留著那座庭院吧。也許不像高橋君整理得那麼好，我猜不出會是什麼樣子。只是無論如何想去看看。以前也一直想去，但這次覺得非去不可。」

「去吧，我也想看。」

我點點頭。

現在想起來，我當時已隱隱有所感覺。

有種和以前去伊豆旅行時完全不同的落寞氣氛。

買便當時、牽手上電車時，總感到一股慘然。天空高得詭異，聽著歡樂的音樂、看著快樂的全家福，心情都開朗不起來。兩人之間的回憶不斷甦醒，看著窗外的景色，不知為什麼，數度掉淚。

我如果真的不想去，半路上吵著下車，命運或許會改變吧？

我好幾次這樣問自己。

不對。我本來就是闖入真一郎人生中的配角。我從沒想過這事。我總是厚臉皮、自我中心，認為笑臉對我的人都喜歡我，就這樣簡單地活著。

在山上時，那樣可以讓工作順利。

可是，那完全無法應用到戀愛上。因為是自然而來的戀愛，我沒察覺到人心的細膩動靜。

我總覺得，他在前妻之外注目的東西，在某個遙遠的世界裡。可是，我還驕傲的以為，和我在一起的日子成為他的新人生，驅走了那個東西。我在那個階段裡非常天真。

「你有在意過什麼嗎？」

在電車上，我吃著飯糰問他。

「什麼？」

「高橋君的母親……一定是你的初戀情人吧？」

我故作平靜，但感覺喉嚨鯁著東西。

以前，他第一次提到高橋君時，不知為什麼，我就已經知道。話裡面有著初戀的味道。甜美的影像融入言語中。也顯露在他的臉上。

真一郎只是沉默，像看到可怕東西似的表情看著我。

「妳怎麼知道？我雖然談過高橋君，但是從沒提過他母親啊。」

短暫的沉默後，像是猶豫著該不該說，但他終究以向我敞開心房的感覺坦白說出口。

我沒有看著他的眼睛回答。

因為我訝異於他的反應，害怕得不敢再看。

「我一直有這種感覺。」

我說。

「是嗎？」

真一郎若有所思地說。

「因為，每個人都有這種悄悄放在心上珍惜的東西。」

我說，只能這樣說。

「嗯，確實是這樣。」

真一郎恢復開朗的表情。

「她年紀很大嗎？」

我問。

「她是高橋君的繼母，其實年齡並不大，但在當時的我看來，年齡大很多。」

真一郎越來越輕鬆地說。

我卻越來越沉重。

年齡並不那麼大，就意味著她現在也不是歐巴桑。

我心中的悲傷嫉妒蔓藤彎彎曲曲地蔓延到腦中。

我知道。這份嫉妒不是針對那個女人，而是因為我和他之間累積了太多的不安定而起。這是我好不容易從楓和敦子的故事中學到的。

非常纖細美麗的女人來開門。當我看到她見到真一郎，大大的眼睛含淚，還有那清純不帶性感、微微偏著的脖子上，小巧耳垂別著像芥子粒的閃亮鑽石耳環時，心想「輸了」。

她像植物。是連那種強悍都是植物性的人種。

和她比起來，我感覺自己像肉類、葷腥、獸類。真想消失不見。

光是這點，就讓我覺得理由已足夠充分。

這種感覺的真正意義是嫉妒吧。因為我毫無勝算。

線條纖細，不太訴說自己的心情，只是默默做著自己的事。那是和我完全不同的女人。而且是我最不會對付的女人類型。我一看到這種人就想說，「別再裝模作樣了，快說真話吧，正常地。」這是遺傳自從事必須迅速觸及現實問題點的工作的祖母性格。

雙方都沒有不對，只是不合而已。

可是，她和真一郎很合……這個事實殘忍得讓我清楚知道。

那是瞬間的勝負，事後再做任何彌補，都已無濟於事。

我抱著那種心情進屋。

像是「鏗」的聲音在腦中迴繞，我聽不到她和真一郎的敘舊內容。不愧是真一郎，人家明明說「請喝茶」時，他卻回答：

「可以先看看院子嗎？」

沒錯，那正是他喜歡的地方。

高橋君的母親說：

「謝謝你這麼說。很多人大老遠跑來想看這院子，就連鄰居也有人看了幾次還想看，我很高興。還有攝影家想把這院子印在書上，即使丟下不管，兒子的世界依然吸引著人們，真的很好。」

即使聽到這裡，我還沒想到有那麼好。心想，了不起就是個還不錯的鄉下庭院吧。

但是，在高橋君母親的親切引導下，穿過房間，看到豁然呈現眼前的庭院時：

「啊？這是哪裡？我們剛才在哪裡？」

我真的是脫口而出。另一個世界瞬間展開。

完全被打敗了。

好像全世界的舒服的風都聚集到那個庭院了。豐富、新鮮、繁多的色彩和蜜蜂、蝴蝶，就像立體影像般一一躍入眼簾。有天使從空中飛舞而下，偷眼窺看的感覺。那不是甜美感覺的比喻，而是遠近、時間和空間的感覺都在那裡扭曲了，即使有奇形怪狀的美麗生物從天而降也不奇怪。仔細再看，才知道那是精妙鑲嵌出來的色彩奇蹟。當季開放的花朵、柵欄和泥土的顏色，似乎都經過計算。像節目般有種種精心安排設計，什麼時候開什麼花、結什麼果，依序展現，永遠不欠缺色彩。例如，那株大扶桑木目前放在室內，春天時就會搬到庭院的固定位置上。庭院左邊有個放置備用植物的溫室。這一定都經過計算，不過，是人為的。我不知道這種事情是否真的可行，至少我看到的瞬間是這樣。

現在因為是冬天，花朵不多。只有各種顏色的山茶花像是傻瓜、也像玩具、更像聖誕裝飾般鮮豔怒放。庭院到處種著茶花，蹦開像是仿造品的粉紅和鮮紅。他母親一定仔細修剪過，落花也收拾乾淨。不曾見過的柑橘類果實，為背景添加了明亮的橙色。慶典般的色彩裝飾著庭院。一個搭配冬日天空的美麗色彩慶典。

該如何形容眺望這裡時的心情呢？雖然是小小的空間，卻像看到壯麗的景色，心胸龐然開闊。像在崖邊眺望大海，像俯瞰遠處的景物。

在這世上，我最喜歡山上的祖母家，認為那裡和大自然融合在一起。

我覺得，這個庭院並不是庭院，而是天才的「作品」。

我也有點好奇。為什麼人類光是繪畫、攝影還不夠，還要利用自然創造作品呢？那個庭院雖然是人和自然的調和，但依然是他利用自然的要素創作出來的人工作品。那是他腦中的世界，實際的花草、樹木和枝葉，只是呼應他的熱誠，配合他的創意而呈現形狀。

即使身體不自由，高橋君生而為人的希望，不曾被剝奪片刻。為什麼人不能安於自然？為什麼要仿照自然、創造作品？答案似乎就在這裡。是感覺眼前精妙的上帝作品只是一些片段嗎？還是腦中知道更多的東西？好像看見更遙遠以前的懷念事物。看到自然的完美時就想起來那是什麼。因此忍不住要創造。但他為什麼開始致力這樣奇怪的工作？是因為行動不便？還是已經知道生命無多？

可是，我感覺中的高橋君，不是那樣激烈自我的人，而是更透明……只要看著一株茶花隨著季節移轉變化就感到幸福的人。他栽培作品的熱情來自何方？

我似乎明白真一郎尊敬高橋君、羨慕他、想看透這裡的一切、努力接近他到喜歡他母親的地步的心情了。甚至理解真一郎知道自己過度分心在俗事上，絕對創造不出這樣的庭院，而至一開始就輸了的懊惱與難過。

沒錯，透過高橋君，我在即將分手之時，才觸及真一郎的人生核心。

高橋君的世界，是人在心中描繪的樂園，是夢想，是希望，是活著的一切證據。

深刻地傳達出「我想活下去」的訊息。

「即使多一天也好，我想看看這麼美麗的世界！」

那是高橋君想說的話。

人心真的是寬廣無限，當清風吹過，當光影流轉，世界就不斷地展現不同的面貌，永無止盡，這就是他想傳達的吧。

此刻，沒有開花的薔薇綠蔭，無名的草木，草坪青綠耀眼，植物簇擁交纏，絲毫不顯雜亂，重疊的綠意帶著清新的性感。樹枝像魔法般伸展美麗的型態，彷彿外面的聲音都被吸收進來，像天界的音樂流過。

看似寬廣遼闊，也像狹窄緊密。

不斷傳達出「高橋君這個人的厲害在此」。

如果他心裡的風景是這般美麗，他就處在太高的境界，無法長久留在這泥濁的世界吧。

我想就這樣一直看著時時刻刻變化的光影。

「他留給我的工作是守護這裡。」

高橋君的母親打破沉默說：

「到現在，我才真的覺得，兒子有愛植物的真正才能。他活著的時候，因為太熱心，我只是專心幫他，有時候也會抱怨。現在卻懷念那種心情。最近，我想在這裡開店，讓別人來看這院子，也想請人幫忙照顧這裡。」

「那一定是高橋君的希望。」

真一郎說。

「到時候會邀請你們，要一起來哦。」

她沒有心機地笑著。

即使如此，我還是知道，雖然不到楓的一半功力，但就是不情願地知道，沒辦法。

她心裡真正想的是，希望真一郎來幫忙。真一郎以後也一定會在這裡工作，因為那本來就是他的命運。我不想拉住他。

現在，妨礙的只有我。我老實地認為自己是「妨礙」。我沒有吃醋，只是茫然地看著一切。

我領悟到。

楓和片岡見到真一郎時，已經察覺到他心靈深處發光的真實東西。只是裝做沒看見。

我們只能在只有我們的地方繼續下去，一旦來到開放的世界，就再也沒有任何接點了。

此刻，這個想法變成確信，刺痛著我的心。

「那個孩子就是時間多。雖然沒有健康的身體，也沒有行動的自由，可是一直看著院子，想著哪裡要種什麼，仔細研究不足的部分，細心拿掉蟲子，修剪枯萎的枝葉，土壤貧瘠時施肥，也不殺死蚯蚓……只有做這些事情的時間，多得用不完。」

她說：

「這裡就是那孩子的整個世界。」

「多麼豐富的世界啊！何其豐富的人生！」

我說。我知道他在這個庭院裡度過多久的時間。人工的東西努力到最後的最後，也能類似自然，只有些微的差異而已。這裡就是那樣。而且不斷開展，生生不息。

是的，我知道。

不是嫉妒，大概他母親和真一郎也不知道……不，或許他們知道，但可能真的不知道，高橋君在這庭院裡耗費了多久時間？是那麼清晰地存在在這裡。

我在高橋君的工作中看到楓的影子。他們是以相似心情度過人生的人。

他融入庭院。他知道雜草如何生長、向著哪邊伸展、如何播種、明年又會長成怎樣。他看著這一切過程。而我，看見了看著那些景象的他。聞到他的氣味。甚至感受到他臂膀的粗壯。

那一瞬間，我或許愛上了高橋君。他是那麼的絕對。

他是以多麼嚴格清明的心情在這裡度過？真一郎或許知道，他母親也可能理解。可是，高橋君的世界之於他們，就只是尋常美麗的療癒世界。是他們放鬆的地方。

但在不同的意義上，他是這個世界極其傲慢的國王，這個庭院也是他的邪惡詛咒。我知道。

我對他們未能看穿這點感到失望。不是以傲慢的心情，而是站在對高橋君誠實的立場。

「讓我一個人慢慢欣賞這院子好嗎？」

真一郎說。

「打算竊取祕密呀。」

高橋君的母親笑著說。

那個笑容中隱隱含著某種我苦於對付、不知怎麼解釋才好的東西。如果硬要說，就是現代策略吧。

我在想，如果我和這件事情完全無關，會怎麼樣？

會無法對付嗎？

這時候的我非常冷靜。

思考之後，還是無法對付。

對這庭院而言，那確實是必需的要素，但是與我不合。

這個人在向我挑戰，我該起而接受嗎？

可是，我心中並沒有鬥志，再怎麼搜尋、再怎麼激發，就是沒有。我覺得好奇怪。

雖然迫切希望湧現鬥志、呼喊到想哭的程度，還是沒有。

那是因為失望所致。

真一郎看不出這種程度的策略，太鬆懈了。大概，和植物關係不夠的想法，已塞滿他腦子，顧不到人際關係。因為這樣，冷不防腳下被人拐了一記……我這樣覺得。

「以前，真一郎一直和我兒子在一起，甚至想住到我們家。」

高橋君的母親說。

「有那時候的照片嗎？」

我問。

「有啊，在那架子上的相框裡。」

她說。

我走近架子。身體一樣瘦弱的高橋君父親生前和她母親的結婚照，高橋君夾在他們中間笑著。天使般的笑容，坐在輪椅上。他和乍看時的瘦弱印象相反，皮膚曬成古銅色。他的眼睛像鑽石般發光。我深深被他吸引。這種眼睛是特別的人的眼睛。還有高橋君和真一郎在校園裡的合照。眼神穩健流露決定之事絕對有可做價值的真一郎在那裡。

高橋君有多愛真一郎這個朋友呢？

「他們都在做照顧植物的工作，真的很好。真一郎也不錯，在伊豆的仙人掌公園工作。」

她說。

「是啊，在溫室裡照顧仙人掌。」

我說。

「果然，年輕時候熱中的事情，長大以後修成正果，真的很高興他能夠來這裡，感覺就像看到兒子的身影。因為我除了這個院子，什麼都沒有了。」

雖然言語中完全沒有敵意，但不知為什麼，我就是感覺到帶刺的小小嫉妒傳了過來。

「好美麗的庭院！」

我說。我發出全世界都聽得見的清晰聲音。那是我的宣言。

高橋君的母親說：

「我想以後還會有事情商量，要多聯絡啊，千萬別一回去就不再來了，請你們常來，雖然沒有什麼，但隨時可以請你們吃飯。」

於是，我認清楚了。

這個人和真一郎的前妻一樣，是個表面安靜、但是想要之物必定到手的人。這沒有什麼不好。人類就是這樣生存、開展人生的。就請繼續無妨。

我只喜歡屬於我的世界的人。不會做那種事、也做不來那種事的人。擁有許多其他優點的人……我好想看到楓、片岡，還有祖母。他們雖不靈巧，什麼也不會，但是擁有不能讓步的自我。

「好美麗的庭院。」

我又說一次。

心想，要做選擇的是真一郎。

而他，蹲在地上查看土壤。

「很好的土。」

他說：

「我如果是植物，就想生長在這種土裡。」

「有蚯蚓，不好受哦。」

高橋君的母親忘記敵意地說。

在某個意義上，這種敵意只是相互反映，並非真的存在於彼此之間。她沒什麼不好，只是過她的人生罷了。

「蚯蚓鑽過後，土壤就變得鬆軟。」

她笑嘻嘻地說。她愛這個庭院，也包括蚯蚓吧。

真一郎一定想看更多、也想知道更多這個庭院吧。想解開高橋君隱藏的祕密，和微弱聲音留下的遺囑。不論花多少時間，他都想一個人做，不想交給別人。

高橋君的庭院帶著所有的意義，鮮明地烙印在我心裡，畢生難忘。即使在傷心的回憶中，那裡也是我心靈世界的綠洲。是清泉源源湧出、汲取不盡的美麗靜謐世界。

看過那裡以後，我已經無法一概而言「未經人工的自然最好」。離開那裡回到鎮上，是那麼難過。心裡想要離開，眼睛卻想永遠留在那個庭院的和諧世界裡。高橋君的世界擁有那種魔力。不只是純潔。還有驚人的性感。像被吸了進去。我以保持女性形態的無名之性，猛然被捲入。在那漩渦之中。

那個影像在我心中甜美成長。我是花，結了果，變成豐富世界的一部分。

接下來的兩個星期，那個問題沒有發作。

我們天天見面，準備搬家，吃飯、喝茶，一起睡覺。擬似家族的最後一段時間過得很平穩。

光是這樣，對我已有幫助。

我們會不會就這樣持續下去？不對，很快就會結束吧？兩種心情交織下，反而感到意外平靜。

不過，看到他的公事包，看到公園裡兩人常坐的椅子，都會毫無意義地掉淚。

我不想思考那眼淚的意義。屏息無聲地讓它流。

我感覺到敦子度過同樣時期的心情。

即使向她傾訴也無濟於事，因此我沒有去見敦子，或打電話給她，但感覺她就在身邊，她的存在對我而言就是一種幫助。

我以為這世上只有我獨自嘗到這樣難過的心境，其實錯了。因為那是任何人都會走過的路。

那個時刻終於到來。

真一郎說：

「我想每星期去高橋君的院子幫忙兩次。」

他終於說出來了。

我一直害怕這一天來臨，但這一瞬間，我反而有鬆口氣的感覺。啊，來了。

這段痛苦的日子要結束了。

那一瞬間確實是眼前最黑暗的時候。

已經沒有東西可以銜接現在這一瞬間和前面那一瞬間了。已經超出了再怎麼努力也拉不回來的地方。

就像不經意越過畫在路上的分隔線。也像電視螢幕上的日期更換。

是在幫汽車加油、我們站在自動販賣機前喝罐裝熱茶的時候。

我胸口絞痛得幾乎站不住。

灰色的天空劈頭蓋下。

雨水滴滴答答地落下來。

「我了解，你一直在幫她吧？」

我說。我提前攤牌。已經無所謂了。已經回不去了。

「一個禮拜兩次，沒什麼好顧慮的，就做你真正想做的事情吧。」

真一郎沉默不語。眉頭緊鎖，看著遠方。他的表情已顯露出，我不再是他最想保護的人了。

不久，他說：

「我仔細想過……對不起。」

明明是因為彼此完全不同而互相吸引，如今這個完全不同卻是個悲哀。

「你先不要搬進來。」

我說。

「啊？」

他說，非常驚訝似的。

「因為你搬來以後，就不想再讓你搬走。」

我說。

「不是所有的人和事，都可以像妳和祖母做事那樣，因為這不真實，所以停止，因為這是真的，所以進行啊。至少，我做不到。」

真一郎說。

「可是，心知肚明還眼睜睜地看著，有多難過，你知道嗎？」

我說。

「什麼心知肚明？你為什麼那麼自以為是？這是我們兩個人的事啊。」

他說。

「我知道有傷心的事情等在未來，但不想勉強。我應該知道。仔細想過。去那邊幫忙，是最值得、也最適合你做的事情。我雖然心痛，但事實就是如此，你也知道吧。只要經過一段時間，她和你一定會互相吸引，彼此不能沒有對方。即使那是柏拉圖式的感情，我也無法接受。」

我說。

「妳這麼說，我就誰也不能見了。即使不到那裡，新的工作地點也會有很多女性啊。」

真一郎說。真是無聊的辯解。事情明明不是這樣，卻故意模糊焦點。男人何其怯弱啊！

「不要扯得那麼遠。對我來說，你很特別。我沒有父母，你就是我的替代父母，是我的保護者。因此，當你另外發現值得真心保護的人時，只要那人不是我的姊妹，我就無法接受。」

我說：

「真的很特別，希望你相信。」

「妳不是有職場的朋友嗎？要我當勝過父母的監護人，妳太貪心了。」

真一郎說。

「我現在的家人只有你，我沒有辦法看著你支持你喜歡的人、看著你們互相吸引，還繼續和你一起生活下去。」

我說。

「我不是妳的父母。」

真一郎冷靜地說。

「妳把我想做是父母的話，我們的關係會變得很奇怪。」

其實事情很簡單啦，正因為我想一起生活，想和妳共度人生，才要去看看高橋君的庭院……我等著聽到這些話，但是什麼也沒聽到。只聽見遠處高空響起的烏鴉叫聲。

就像一場盛宴，庭院、母親、有價值的新工作，這些真一郎渴望的東西，都在那棟房子裡整齊備好等著他。再想也知道，現在多餘的是我。

真實有時候殘忍而露骨。我像隻受傷的生物，安靜不動。盡可能不做任何動作，當然，連心也是。

「你先不要搬，考慮一下。」

我說：

「把我和她都留在手邊，千萬別想做出這樣殘忍的事。」

「殘忍的是妳。如果我不是方便好用的人，妳不會希望我在身邊，妳好自私。我確實喜歡過她，可是現在沒有，我只是想繼承高橋君的遺志。

至於會發展到哪裡，我不知道。

說不定真的變成妳預測的那樣。

可是，排斥還沒有發生的事情而要和我分手，在妳那單純的心裡，我能找到妳對我的真正愛情嗎？」

真一郎說。

我想，真的是這樣。

我呆呆地覺得，他說得多正確啊！

但是應該接受嗎？我不知道。我真正喜歡的是……工作……還有，楓。我只有楓。我喜歡楓。只要有楓就好。即使多麼扭曲亦然。

我只想跟著楓。真的。

但我並不喜歡從片岡手中搶走楓，和他結婚的單純世界。不是認輸，而是對那個結果沒興趣。我和楓的關係，現在這樣最好，如何讓它長久下去，是我生命中最大的關注。

我雖然知道，但是悲傷。悲傷的事情沒有不同。

「不論別人怎麼說，我都不覺得那個女人好，我討厭她，也討厭她的語氣、服裝和生活方式。

我猜，高橋君和她在一起，一定感到窒息。老實說，我不明白要故意走進那個令人窒息世界的你。我不明白，也覺得不對勁。

那個院子很美，我喜歡那個院子。也喜歡高橋君。可是非常討厭那個女人和她的生活方式。作為一個女人，她或許出色迷人，但她是牽絆創作之足的人。高橋君在她的照顧下感到窒息，結果創造出那樣的院子。因此在大意義上，她是必需之人、必需之力。

可是，我不喜歡那種感覺。這不是吃醋。」

我驚訝自己內心的激烈感情。可是說出來了。那是喜歡與否和生活方式的問題，不是男女的問題，也不是吃醋。

我腦中閃過敦子。那個和我同屬任性種族、遲鈍但性感的生物。我流了一點淚，因為懊惱，沒有擦掉。

「我理解妳的意思。」

真一郎說。

「但是我不理解妳怎能說出那麼刻薄的話？感覺像是侮辱了人做為人而活著的立場。對我來說，那也曾經是妳的最大魅力。」

他眼中泛著淚光。他用的是過去式語法。我想，就是這樣了。

我像在那個夢中一樣，視線離開他的側臉。

不能再說我們要一直並肩而行了。路途已經分岔。

沉默繼續，那是無可彌補的珍貴沉默。

我們整個人都還依戀著對方。身體在喊著，只要忘掉一切，緊緊相擁，就可以當作一切都沒有發生。

但是我們知道，那只是暫時的和諧，同樣的情形會再度發生。而且會以更嚴重更難過的形式發生，因此，我們甚至無法牽手。

「看，前面的燈光融入雨中，變成圓圓的光環，好漂亮啊。」

我說。真一郎沒有回答。

那真的很美。街燈的光暈輝映街邊看板的藍光，變成雙重的朦朧光采。潮濕的馬路也染上彩虹。

這像是老天要緩和我的悲傷而讓我看到的景色。我雖然融入景色而哭，但沒有流淚。只是心中在淌血。

期待完全落空，不祥的預測全都應驗。

意外吧。可是我心裡知道這些都沒錯。這才讓我最傷心。我的心以低微但是清晰的聲音在說，這樣就好。應該這樣。我過去都跟隨這個聲音而活。我也知道，如果無視這個聲音，即使敷衍得了一時，終究會回到原處。

於是，在那像要把人吸捲進去的美麗藍光中，我們永遠分手了。

獨自住在原該兩人同居的房子裡，難以形容的空虛。

我告訴自己，只是房子太大了。

我把真一郎原本要住的房間擺滿仙人掌，布置成一個乾燥植物、收容脆弱植物的小溫室。我到ＤＩＹ的店裡買回材料，連設計圖都自己畫，有不足的地方，又跑回店裡……，這樣敲敲打打地完成一個還過得去的溫室。

因為他的房間沒有他了，不用來做自己喜歡的事情不行。而且，不動動身體，好像身體電池也要報廢了。

於是，為了排解心緒，先調製入浴劑。

我也想到藥草酒，但我不太喜歡酒，怎麼也無法投注熱情，只好換個對象。因為不是吃進嘴裡，因此也會用蔬菜店前的廢棄蘿蔔葉、乾掉的大蒜、或許沾到狗尿的路邊蒲公英等，只要洗乾淨就好。房子空間雖小，也能完全曬乾。

問題是很難檢驗效果。

茶的方面因為長年喝習慣了，祖母也教過，大抵知道有什麼效果，可是入浴劑必須泡過以後才知道舒服與否，感覺很模糊。自己不先實驗幾次，確實掌握相當的感覺，否則很難知道效果。如果不改變想法，認為自己要做的不是像茶那樣可以治病的東西，而是消除疲勞、恢復精神的東西，就無法思考怎麼做入浴劑。

專心投入這件事，對我來說，是個幫助。

而且，在心緒低落連洗澡都嫌麻煩的夜晚，入浴劑成了我的支撐。雖然感覺很淒慘，但也感覺不是自己孤獨地在泡澡。

有一天，楓拿我用香檬草和柑橘葉做成的入浴劑泡澡，隔天笑嘻嘻地說：

「因為眼睛看不見，怕有危險，又常去歐洲，所以難得泡澡，昨天用了前些天拿的那個試試，對消除疲勞真的很有效。」
「對啊，還有清爽的香味。」
我說。
「對，我還跟片岡說，香味像菖蒲湯，好令人懷念啊。」
「啊，你們一起洗澡，討厭。」
楓一被奚落就臉紅，很可愛。
「對了，菖蒲湯是什麼東西？」
「妳不知道？女人嘛，難怪。雖然妳祖母也很想做這件事。」
楓說。
「我完全不知道。」
「五月五日端午節那天，有用菖蒲、就是那個很有名的……很像鳶尾花的植物葉子泡澡、去除邪祟、祈求健康的習俗。另外還要吃柏粿（柏葉包的紅豆年糕）。妳真的是日本人嗎？」

「哦，難怪那天到處在賣柏粿。我是沒注意到菖蒲啦。」

「我完全不懂植物，可是很喜歡那個清爽的香味，會想起小時候，好懷念。我母親把菖蒲切得整整齊齊，綁成一束，泡在水裡。打開浴室的門，香味就隨著水蒸氣冒起來。」

「為什麼是菖蒲呢？」

「可能是季節的關係吧，味道也好聞。而且是用在男兒節（日本的兒童節有男女之分，女兒節是三月三日），肯定也含有『勝負』（發音與菖蒲相同）的意思。我鮮明地想起和父親一起泡澡的情形，差點都忘光了。我還記得把草捲成笛子來吹。抽掉菖蒲葉子的內裡，吹起來會發出嗶、嗶的聲音。」

「你也有童年時光啊，我今年五月一定要買來試試。」

我說。當時，我在想，家人是多麼寵愛這個聰明伶俐的孩子啊。家人為他選購的菖蒲一定帶有特別的香味。敦子也在那片風景中，在我的想像中，那裡簡直像是樂園。

那裡不像高橋君的庭院那麼藝術性，但是沒有懾人的陰暗扭曲。那是只限於孩子幼小、父母健在時才有的短暫夏天似的世界。

「也可以去採。」

我說。

「到公園偷摘，是違法哦。」

楓笑著說。

「美好的記憶伴著清香甦醒過來，幫助那個人，這或許比任何藥都有效。」

我說。

和真一郎分手後，我曾到近郊的山上採摘一些山白竹。留下入浴劑需要的分量曬乾，剩下的趁著新鮮拿來泡澡。

山白竹對我來說，是故鄉的味道。是祖母的記憶。

在水中溫熱後冒起那獨特的清香味道時，整個身體化入被美好東西包住的感覺裡。

美好的事物、懷念的事物、創造我的一切美好事物包住我。像光、像日曬、像家中地板的乾爽觸感。

我用濕軟的山白竹葉子摩擦臉頰，脫口而出「謝謝」。

我充滿對全世界山白竹的感謝心情。那份心情直上天聽，好像裊裊傳達給生長在全世界山上的山白竹。

那是真心的感謝。不是故作姿態，也不是只動動嘴巴，而是源自心底。

我要一直感謝到它們能夠感受到我真心的感謝為止。

山白竹和我都活著，我們在這裡相遇，愛上彼此。就像和某個人在一起，山白竹和我在這裡相依相偎。生命和生命在這小小的浴缸中相依相偎。

「每年只在那天泡一次澡也不錯。」

楓不知道我在想什麼，天真地說：

「很好，妳還在這裡吧，五月時。」

不假思索的反應。

「就要五月了，我肯定在這裡啊。」

我訝異地說：

「為什麼那樣想？」

「沒有……只是不自覺地問一下。」

楓說，楓一直避免明白提到真一郎。

「我在想，妳會不會為了和他住在一起，搬去遠方？」

「既然知道他在遠方，為什麼你那不可思議的能力無法知道我會不會辭職？」

我笑了。

「神賜我這份能力時，也讓我無法知曉和自己有關的事情。」

楓不好意思地說。

我偶爾想過。神可能認為，楓的眼睛如果看得到，就會跑到神注意不到、也看不到他的地方，為了想看見他，所以讓他看不到。可是我不好意思說出來。

「放心，我不會辭職，因為這是我最重要的工作。」

我說。

楓笑嘻嘻地，我好想把那美麗的笑臉擁入懷裡。

還有一件事我不知該不該說，考慮後依舊沒說。

我在想真一郎的死。不是特別認真地想，只是平常地想。我們同居後，有一天他死了。如果真一郎比我早死，那就糟了。我會寂寞、心虛、害怕。

可是，我在思考楓的死亡時，卻覺得我必須比他長壽。必須好好守護他。我不知道那時我是不是在他身邊，只是漠然地這樣想。

於是我發現。我喜歡真一郎的心情，只是單純的戀愛，我喜歡楓的心情，連接著更大的東西。雖然還不到愛的地步。

如果是另一場戀愛，以後雖有成長的可能性，可是我對真一郎的心，已經鑽進死巷子，因為那是甜美的死巷子，我已無法從中脫離。我和真一郎之間，不再有可做之事，也不會有任何發展。

可是，我對楓的心情，就像源源湧出的泉水般沒有竭盡，而且繼續成長，從相遇的那天開始，就一直在成長。

因而，在現實中，我有一點悲傷。

剛才楓確實說出「遠方」。從他的功力來看，毫無疑問猜中了。真一郎已經住到高橋君家附近。

真一郎很快就會搬進她家吧？他們彼此都有心。我雖然沒有期待，可是，他沒有一點等我的時間。

雖然知道已經結束了，我們心中那真正喜歡彼此的小小部分，還在努力、策畫要住在一起。只有那個小小部分，此刻還刺痛著我。

在同個天空下，那個刺痛應該也在真一郎的心中。現在，只有那個是我們兩人所共有。它此刻還在高興。還是一天想我一次吧。縱使和憎恨共存，還是會想我吧。

我一直猶豫不決，要不要換手機號碼？

我堅持使用舊手機，還存著許多兩人分住兩地時傳送的快樂簡訊，感覺很沉重，隨身攜帶也難過。我試著一天刪除一則，偶爾心軟時，總要和一直「想看下去」的自己暗自奮戰。

我以為電話只是單純的工具，很訝異它竟然變成光是看到就心情沉重的物品。或許這也和電視一樣，是都市的魔法。

他都沒打電話來。雖然等了一陣子，但是沒有。

他果然在那個小鎮租了房子。

不久，寫封明信片通知我。是嗎？他還沒住進那個家嗎？唉，只是時間的問題罷了，我看著真一郎的筆跡哭泣。

我只在旅館住宿登記時看過那個筆跡。想起他彎身寫下名字的模樣。寫下我名字的樣子。他一定是以同樣的姿勢寫這張明信片吧，在寫我的名字時，他腦中一定也想起旅館櫃檯的模樣吧。

櫃檯前面是個大廳，泡湯後在那裡吃晚飯……他也會想起我們迫不及待享受那份樂趣的心情嗎？

真一郎明明沒錢，卻說要承擔半年的責任，把半年份的房租錢寄給我。我才剛剛搬進來，無意去找一個人住的房子。現在工作安定，雖然有些累，但在租約到期的兩年間，就住在這裡吧。

想起前一陣子兩人去找房屋仲介時的和樂融融，就痛苦得無法再看物件。不論做什麼，整個世界都像充斥著記憶的刑求。

楓當然早就察覺到。

他一定知道發生什麼事了。可是他什麼也沒說。只是偶爾突然擔憂地看著我，好幾次都是這樣。

我當然也早就知道楓已經察覺到。在他上次說出真一郎住在遠方之前，我就多次覺得，啊，他察覺到了，看出我像破爛抹布的狀況。

那種時候，我獲得像是被某個龐大東西擁抱的安心感，微微笑著。我在心中告訴自己，沒事，因為是我自己的決定。因為我不想只和那個想去遠方做真正想做之事的人的身體一起生活。這樣，自己也感到輕鬆。

遲鈍的片岡，每次看到我時還說：

「和他同居很快樂呵？都出現黑眼眶了，妳這個花痴！」

我只是回以笑臉，沒有力氣說明，照常投入工作中。日子慢慢過去，我只能靜靜等待心中的荒田慢慢復耕。

我想暫時擱著不管。

在每一天之中，一點一滴積存能讓我變得堅強的水……我們就只剩這一點關連。

理論上知道應該分手，和實際上切斷兩人的關係，是兩回事。

要斷得乾乾淨淨，需要更多的時間。

那天，有客人取消預約。

這種情形很少有，因為已經收了預約費，幫他重新敲定預約日期後，輕鬆地處理一些事務工作。

偶爾會有害怕算命、預約以後又猶豫不決的人。

楓本來不收預約費，但是片岡說：「這種人很可能反反覆覆，收一點比較好。」

我則認為，楓太忙碌，總是排滿預約，應該保留一點時間調整精神狀態。

這些事情如何一一安排，如何遵守，處理的方法不同。

如果是不拘小節的楓自己來做，不會這樣有秩序吧。

「我也不是想要賺錢，只是想創造能夠維持楓現在生活的環境，誰知道哪天大吵一架後，我就不在了。」

每次談到錢的事情時，片岡都是這樣哀怨的口氣。

收取預約費似乎有效，只有兩個人沒付錢也沒再聯絡（片岡說，這種客人一開始就無緣比較好），乖乖付錢預約而來的人，都以要回收和價錢等量的訊息的堅決態度上門。

片岡的方針不是普遍性的正確，但是打出方針的姿態，清楚地傳達給對方。想掌握什麼而來的人，比一切聽任安排的人比較好應付。當然，楓也是這麼想。那些說「一切聽你的，請幫我想辦法」的人，乍看很豁達，其實是緊閉心扉，需要浪費一些能量去打開他的心扉。

那個下午的空閒時間，對楓來說，是個恰如其時的禮物。天氣轉涼，遠處的陰灰色天空，帶點亮光，但頭頂上的雲層烏黑，看似就要下雨。

因為低氣壓的關係，楓說頭有點痛，我把熱水袋墊在他脖子下，幫他泡杯茶溫暖身體。

我雖然無意辭職，但不知道會不會因為發生其他事情而必須離開這裡。因此我不會過分嬌寵他，只在必要的時候做必要的事情。嬌寵意味著什麼呢？那是讓對方離不開我的黑魔法。我不想對楓這樣做。

我只希望盡可能在每天的最佳狀態下做完那天的工作。

楓指著我胸前的翡翠說：

「剛才就注意到那塊玉，讓我看看？」

我婉拒了，告訴他不必在身體不舒服的時候特地做這件事，但他說，好不容易集中精神做好了準備，因此想用用「眼睛」。那個眼睛是心之眼，也是他的第三隻眼吧。

這有點像比賽中止的運動選手要調整身體的狀況，我同意了。

我把戴在胸前的那隻圓形翡翠蛇輕輕放在楓的手上。

「我看見妳祖母在院子裡埋下人骨。」

楓說。

「啊？誰的骨頭？不會是祖父的吧？還是我父母？」
我驚訝地問。
我對父母親的事情一無所知。
「不是……，但祖母知道。我沒辦法說明白，但看起來不像是她殺的。」
楓很少那樣吞吞吐吐地敘述細節。我想，不會是祖母殺的。雖然祖母的過去有什麼事都不稀奇。
「其實，在我小時候，有隻跑來院子裡的野貓死了，我在梔子花的旁邊挖洞，想要埋葬牠。」
那是一直放在我心中某處的事情，我盡量不去想它，也沒有對任何人說。包括祖母。
即使想說，也說不出口。
在楓的面前，這一瞬間，我才知道其實自己有多在意那件事。
「沒想到挖出了人骨，是頭蓋骨的部分，怎麼看都不是狗骨頭，是人骨。」

「哦。」

楓不怎麼驚訝。或許是職業的關係，把他訓練得處變不驚。

「然後呢？」

「我直接把它埋回去，把貓埋在旁邊。可能因為鈣質充分，從此之後，梔子花每年都開得很茂盛。事情就到此結束。我什麼也沒問祖母，也不知道這塊玉和那件事的關係。」

我說。

在祖母心情不好的時候、讓我感到害怕的時候，我心裡都會閃過那塊人骨。每當我想到沒有父母、也不能問這事時，挖出白骨時無法形容的心情也會甦醒過來。

「當然，妳在意的是祖母是否和那個骨頭有關？」

楓說。

「對。」

我點頭。

「就我的看法，她多少知道一點，但沒有殺人。」

楓說。

「太好了。」

雖然一點也不好，我還是這樣說。

那塊骨頭被發現了嗎？還是依然長眠在那山中呢？隨著山地開發進行，有一天挖出來時，會有人連絡祖母或我吧？會有人被當作罪犯遭到逮捕嗎？

我雖然想過這些問題，但隨著時間慢慢過去，我也不知不覺忘記這件事。像忘記噩夢般是件好事。雖然仔細深思，那是一件大事，但我當時還是小孩，又住在深山裡，那事就這樣自然地結束。

「這條蛇好像隨時在想幫助人，在雕成這個形狀前，是整塊玉石放在某個好人家裡。玄關之類的地方。它一直守護著那家人。那家人想分別持有這塊玉石，於是雕成蛇的形狀。這邊緣的污漬……。」

楓應該看不見，卻清楚指出玉石上面如芝麻大的黑點。

「是在埋那個骨頭時……啊，這很重要，不是埋人，是埋骨頭哦。它接受祖母的決心時形成的，戴在妳身上後，一定會消失的。它很高興。說東西會高興，是有點奇怪，但我只能這樣說。每天看見這玉石的人會有漸漸累積能量、像擁有一個生命的感覺。是有這種事情。還有，妳去台灣時帶著這塊玉，讓它看看台灣的大自然，它一定會回報妳的。我想妳會去台灣。我看見了。」

楓說出和祖母一樣的話。

「台灣……敦子也這麼說。可是，實在抽不出時間去耶。」

我說：

「她還說要幫我介紹修補翡翠的人。」

「我雖然不去，但是片岡不久就要去台灣，採訪摸骨大師的算命方式，妳可以以助手身分同行。」

楓說。

「其實，和這塊玉沒有關係，是我自己不想和他去台灣。而且，就是一直浮現妳和片岡同行的影像。我跟片岡提起這事，他說這樣也好。他會這樣說，是以為我應該也會去，可是這個月太忙，我想留在家裡靜靜，他這趟旅程要為工作奔波，我去了反而是累贅。」

我難過地想，這些他都一一為我想到了。

為了排解我的心情，他們處心積慮為我設想。

「可以取消預約，再做安排啊。」

我說：

「而且，對他來說，我才是礙手礙腳的人，我老是讓他煩躁不安，他絕對不願意和我去旅行的。」

「這樣吧，我再問問他。」

楓露出微笑。

「妳也需要轉換一下心情，倒是我，現在真的沒有旅行的心情。」

「他一定不願意。」

我笑說。

短暫的沉默。我試著想像我和片岡去的台灣，但因為精神不濟，心中完全描繪不出來。現在的我，就連在這附近晃蕩都像抱著沉重石塊般難受，只能用盡心力看著每一天過去。

「人們相遇，都有為什麼相遇的意義，當隱藏在相遇時的承諾結束時，再怎麼努力也無法在一起了。」

楓突然對我說。

「別說了！你要幫我看，我可不付錢哦！」

我想笑，可是兩頰緊繃，笑不出來。

「免費啦。只是說說意見。看過妳祖母的玉以後，順便幫妳看的，妳要感謝，就謝謝祖母吧。」

楓的聲音很溫柔。他的眼神讓我很想說，如果用那樣溫柔的眼神說話，客人都要愛上他了。

「是你說我們會一直在一起的。」

我說。話語順溜出口，已經追不回來。

「你說他像我的父母。」

楓表情悲傷地說：

「我、我們都隱約知道。他放不下妳。他不是不愛妳。只是妳太重了，不是身為女人的分量，而是妳的存在本身就很重。他沒辦法什麼也不做地和妳在一起。他如果不花心思在其他事情上，就會被妳的力量壓制，壓垮他自己。

他本來就一直喜歡那個人。只有他自己沒發現吧。他並沒有說謊。他一直是為了和那個人在一起，什麼都願意做，他現在發現那個地方需要他。只是時候到了。

他對妳，本來就有一點退縮的感覺。只是當時的他需要妳，也真心被妳吸引。不過，他真的禁不起被需要。他很快就發現，妳還有我們，可是那個女人只有他。

當然，妳也隱隱察覺到，因此仔細想過，要不要住在一起？在我眼中，妳毫無欣喜的樣子。片岡也這麼說。我不認為直覺很強的他沒有發現。我認為他是很好的男人。他能做的都做了。只是你們在一起的時間結束了。反正遲早會這樣，早一點來反而好。」

楓一口氣說了出來。

楓因為太明白，看法和我沒有差異，我很高興他是站在朋友的立場，而非占卜師的立場。

沒有任何修飾，也沒有任何安慰，楓所說的和我看到的，是相同的現實。我原先存在不去的那一點幻想……真一郎或許對那女人感到失望而回到我的世界……變得越來越小，最後消失不見。

感到心裡的某個東西在放鬆。

「我的父母親不在，是因為原本就沒有。他不是我的父母，只是這樣表現而已。我也知道他不是我父母，只是想做這樣的夢而已。」

我說。明明不悲傷，說出來時，卻掉下眼淚。

「現在，反而是我們當妳的父母了，是妳祖母直接拜託我們。」

楓突然說。

緊緊握著我的手。他的手指纖細，似要斷掉。但只要這個了解全盤事態的人在這裡，我就能脫離自我憐憫的任性陷阱。我不是被害者。是趨勢引導我來到這裡。

認為自己是被害者、受到欺騙、對方很可惡，雖有瞬間的輕鬆，但因為不是事實，以後會變得更沉重，不堪負荷。

撕裂肉體般的痛苦真實總有一天會勝出。

楓一直緊緊握住我的手。

「你一靠近，我就聞到和片岡先生一樣的古龍水味道，很不舒服。」

我說：

「你們很像不懷好意的惡魔雙胞胎，很像阻撓我戀愛的母親。」

「我們時間多嘛。」

楓說，摟著我的肩膀輕輕拍。

我稍微振作自己，推開他。

「我絕對要在這附近找個男朋友給你們看，不論你算得多準，我一定會找到機會，生個孩子，請放心。」

「嗯，最好照現在說的話去做。妳不就是為了認識各式各樣的人、為了開心，才下山來的？不是只為了遇見他。將來，還指望妳熱鬧這個家。因為我和片岡在一起，再怎麼努力也生不出孩子。」

楓笑著說。

「你的意思是，我們會一直在一起到那個時候。」

我說。

我知道。一直在一起的願望不過是個幻想。

但是在那個夢中，我真的想對真一郎這麼說。還有，在分手的時候也想說。可是說不出口。

「一直在一起」。這個渺茫的願望，是說出來就可以誘發兩人燦爛笑容的小小魔法。我能放心說出來，是因為在這裡的緣故。

楓施展了那個魔法。

他什麼也沒說，只是緊緊握著我的手。

他的手很熱，感覺能量源源灌進我的身體。我的額頭緊緊貼著他的手掌，放聲哭泣。只要能哭就好，只要有能哭的地方就好。

那個時候，我真慶幸楓不是喜歡女生的男人。

在我這麼脆弱的時候讓人趁機而入，是很危險。

那在人類世界中是常有的事。

幾天後，片岡來訪，一看到我就說：

「和那男的分手啦？不過，這樣很好。」

我本能地回答：

「一點也不好，心情跌到谷底了。」

片岡說：

「妳和那種男人在一起有什麼樂趣？不會無聊嗎？」

「總比和你在一起強。」

「沒有夢想也沒有希望？兩個人又不配，什麼也生不出來。」

片岡認真地說。

「畢竟是男人和女人，會生孩子的。」

我說。

「那更糟糕！是坐一輩子的牢啊！關在那傢伙想法的牢獄裡。哇，煩死了，我絕對不幹。第一眼就覺得他是陰沉的人。那種傢伙不是會刺殺女人，就是會慎重守護一些莫名奇妙的東西。」

片岡笑著說。

「你好像說中了什麼，所以我無話可說。」

我被這過分的言語逗笑了。雖然很多人這時候笑不出來，但不知為什麼，我就是顯得反常。

「而且，那傢伙本來就不正經，和妳在一起，他的人生更亂七八糟。」

「……嗯，或許吧。」

我說。

片岡說：

「他不像妳想的那樣愛妳。非常明白，那傢伙不會花言巧語，但是溫柔，會照別人的要求說別人希望聽到的話，所以結婚後也會離婚。而且，妳的要求力道很切實，讓他覺得必須擋住。」

「我可從來沒有要求過你什麼。」

我說。

我想起來了。那時候，我覺得真一郎和高橋君的母親是完全相同的種族，因而莫名地把片岡當成我的同族，非常想念。他不說謊，也不會言不由衷地安慰人。

對照片岡的單純看法，我真的只是失戀。顯而易見。

我以為真一郎喜歡我到不行，錯了，雖然確實有過那段時期，但我一點也不覺得那時幸福，理所當然地讓那美好的時刻自然流逝。

這些不懷好意的男人站在高處俯視興奮的我，已經隱隱猜到這個結局……。

直到現在，我才清楚知道這件事。

在感到不悅的另一面，我也感到高興。雖然曾經被澆冷水，但我真的很高興。多虧了他們，讓我對故事的結束沒有成見，可以用自己的眼睛好好去看。

「因為妳難過，所以要帶妳去做些事情，參加台灣的豪華之旅。」

片岡說。

「我不需要同情，我已經是大人了。」

我說。

「好啦，飯店、租車、算帳、購物等一切都要妳安排，別再嘀嘀咕咕，快去準備吧，已經決定了。」

片岡說：

「只是，摸骨大師那邊說，只能一個人去，所以我要自己去。」

「當然。有需要的話，我什麼都做。可是，你不是一向覺得自己一個人做比較快嗎？還有，那段期間楓老師怎麼辦？」

我說。

「也有不是這樣想的時候，我需要幫忙，跟我去吧，拜託。楓也拜託妳。怕我一個人去會亂搞。楓可以休息一個禮拜，在家輕鬆。一切都說好了，別再擔心這擔心那的。我可是妳上司所屬公司的社長哩。」

片岡說。

「是，知道了，我開始安排。」

我不再推託，他都打出王牌了，沒辦法。

他有經常來往的旅行社，我記下想住的飯店和行程時，知道自己非常興奮。

我果然要去台灣。所有的箭頭都指向台灣。

片岡走出房間時，我叫住他。

「呃……可以問你一件事嗎？」

「可以。」

片岡說。

「我雖然覺得你在感情上一直得心應手，但是你有狠狠被甩的經驗嗎？」

我說。片岡看著天空，想了一下說：

「沒妳那麼嚴重。」

「沒禮貌。」

「是有幾次難忘的經驗。」

「除了楓以外？」

「嗯，我們的世界有關下面，非常亂，不太能說，不過，也有不是那樣的。」

「什麼時候的事？」

「十年前吧，我有個真心喜歡的人，她是住在義大利杜林的女巫家族的靈媒，連當地的警察都很信賴她。她喜歡小孩，其實想當個保母，可是身體很差，無法生育。」

片岡真的很難過似的。

「是女性嗎？」

我問。如果是女性，那太令人驚訝了。

「對，女性，是我最初也是最後的女人。頭髮超短，胸部扁平，精瘦如柴，眼睛炯炯發光。她是功力很強的靈媒，像楓一樣，總是窩在家裡。」

片岡笑了。

「她的什麼讓你忘不了？」

「她的痛苦。她睡不著的夜晚，我總是陪在她身邊。」

片岡說。

「她還不到三十歲，就因為工作過度，得到子宮癌死去。因為功力太強，工作總接不完，她大概覺得夠了吧。她靈性很高，知道自己的死期。很年輕的時候就笑著說，三十歲以前會離開這個世界。

她雖然很快就甩掉我，但人很好，我和義大利業界的關係，都是她牽的線。她大概知道我的真心吧。如果她還在人世，如果我不當楓的經紀人，我可能會住在杜林照顧她。」

是這樣嗎？那個人也從事和楓一樣的工作，而且處理的是更吃重的刑事案件。以前片岡抱怨楓任性而無大志，該不會是拿他和老情人相比吧？

「每個人都有一段傷心事啊。」

我說。

「沒錯，每個人都有一段傷心事，不是只有妳特別痛苦，所以快點忘掉吧！」

片岡說。

我改變心情，決定不再東想西想，要專心工作。和片岡談過以後，我做得到了。因為他是能夠激勵別人積極工作的人。

我上航空公司網站預約機位時，深切地感到，我自由了。

以前都是配合真一郎的住宿方便而旅行，但是從今以後，我要為自己，去見自己想見的人。光是這樣，就讓我的心情開朗不少。

丟開那部分後，心靈確實出現了一塊空間，只要能夠面對它，某個芳香美好的事物就會進駐其中。

而且，絕對有不在心緒低落時不會明白的好事。

我睡得不沉，黎明時分多半處在半夢半醒的狀態。

工作早已結束，沒有要做的事，也無心解開搬家的行李，感覺越來越寂寞時，我就去那家居酒屋。

大叔大嬸還是老樣子，我總是感嘆，一成不變就是這些人的生涯工作！

他們知道這有多讓人安心嗎？

看我精神不好，老闆娘不時冒出幾句安慰的話語。

「每個人都說是戀啊愛的，其實很多只是因為裝在同個箱子裡才變得親密。」

老闆娘說。

「日久生情。」

我回答。

「我擔心妳傷心失落，加入現在流行的宗教。」

老闆娘說。

「如果傷心失落就要投入宗教，那我現在可慘了，會被香油錢搞得轉不過來。」

老闆說。

「你也會傷心失落嗎？」

老闆娘問。

「雫石帶男朋友來這裡時我就很難過，心想，我還有希望嗎？」

老闆說。

「這個時候我是不是該說，『大叔愛說笑！』」

我笑著說。

「變得世故囉。」

老闆笑了。

開玩笑時，老闆的眼睛發亮。

我沒看漏掉。那個發亮的眼睛讓我知道，老闆心中某處浮現將我視為己有的畫面。這真的不算什麼。腦子裡想什麼都好，如果太簡單、太單純，那真的很無聊。如果社會沒有像老闆那樣眼睛一亮、貫徹保護者任務的人，真的很乏味。不是有深度的社會。

「我也沒有足以奉獻的存款。」

我說。實際上搬家花掉不少存款，還要付房租，生活很樸實。但並不難過。

因為我漸漸喜歡這個新家了。

「最近，這一帶真的很多那種人，早上的公園裡都有聚會，公共會館裡辦活動時也擠滿人。」

老闆娘說：

「我知道他們有閒有錢，可是，當我想思考愛和宇宙的時候，我都是去圖書館看書。那比聆聽那些號稱教祖的日本歐吉桑開示，要舒服多了。」

「店裡客人也有信教的嗎？」

我問。

「沒有直接的，但有幾個人的太太是這樣。」

「結果呢？」

「離家出走，不知跑到哪裡去了。他們家小孩已經長大成人，就夫妻兩個人生活，有天早上，老婆一出門就沒再回來，跑到山梨還是哪裡的深山去。直到現在，他每天晚上都來吃飯，妳也見過。」

老闆說。

「別人的太太沉迷宗教，那件事對這家店有影響，而我也會知道……，這社會肯定藉著某種事物連結在一起。」

我感慨地說。

「就是啊，所以，妳要快點恢復精神啊！」

老闆說。

「妳恢復精神後，必定有人受到影響。人嘛、就是這樣。」

雖然是典型的居酒屋老闆口氣，但對此刻的我來說，格外融入心裡。

不是要勉強恢復精神，而是我還需要一點時間，才能用正常的眼光來看事情。明白這個狀況同時，就不再有「那會怎樣」的心情了。帶來影響，負有責任。都是我討厭的說法，但也是目前我在這世上的依據。

「而且，妳不是有很好的朋友嗎？那些囉嗦的人，兩個人可以講十人份的話。」

「我也這麼認為。」

「不是還有祖母嗎？很好的女性朋友，而且，還有我們啊！妳不孤獨，妳可以依靠我們。以後還會找到新的男朋友，妳還年輕，臉蛋和氣質都不錯，只是身材圓了點。」

「嗯。」

我流下眼淚，老闆娘夫妻不好意思，尷尬地轉開視線，端上免費的紅燒炸豆腐，我坦然享用。

我最近才知道，吃的行為具有驚人的能量。以前總是很忙，和祖母就像工作似地為填飽肚子而吃。那時候，吃雖然是樂趣，但也是理所當然。可是現在一個人，不吃也可以。吃了，血液竄流全身，而且坐著不動，很容易想起許多事情。然後眼前一片漆黑，像漏水似的，感到有東西從自己體內漏出來。

我討厭玩味那種感觸。

可是，當我吃下這個普通的紅燒炸豆腐時，發現很久沒有這樣感到「味道好好」了。那是人為人做的飯菜滋味。雖然燉太久，深褐的顏色看起來不怎麼好吃，但是味道在口腔滲開，想像也跟著擴散。

也終於想明白已經想過好幾次的事。

「其實我早就知道，有形的幸福是和一個人在同個屋簷下同居一輩子的人間地獄……」

那是殘忍地潛伏在我心中、想要發育茁壯的心情之芽。是我心中吶喊只想看到真實的小小部分。是喜歡真一郎的天真心情的裡面。

我總是在想，只在表面上快速改變生活很奇怪，因為裡面才帶著有趣、陰暗和滋味的光采。因此，生活被逼到無路可走時，就該設法改變了。

我下山的時候就是這樣。我隱約想著「將來要過不同的生活」，那就是希望。

如果我隨便委身希望，在錯誤的時機拋下祖母來到鎮上，就無法像這樣順勢而為了。

看過那個庭院後，我確實產生了某個決定性的想法。輸給它了！那個沒人看到、大概也無人知道……因此那樣堅持不變的執著意念。那個把存在他腦中的東西顯露在外的祕密花園。

我只嫉妒他創造那個庭院的精神和耐性。我太自私任性，或許一輩子也到達不了那個境界。但也許能夠。要怎麼做才能變成那樣呢？

我仰望還殘留冬天味道的透明天空，想了又想。

腦子裡一再出現那個庭院的景象。那個每當季節變換，果樹結實累累、馨香飄散、繁花盛開的庭院。浮現那個層層堆疊交織的綠蔭和他的歲月景象。我和高橋君的靈魂「四目相對」。和那個鑽石般的眼眸。片岡喜歡的人一定也有那樣透明晶亮的眼睛吧。發出短命者特有的冷冷燃燒的奇異之光。

我不知道自己可以活到什麼時候，但我這種凡人之質，大概可以活很久。因此我想盡量接近那個庭院的境界。

那麼，我要透過什麼到達呢？現在已經清楚。就是這個工作。

我喜歡疼愛楓的片岡。喜歡楓的才能。喜歡看到人們接受他的才能。

我可以忍著不說真正想說的話，即使想激勵楓，但該假裝不在乎的時候也裝得出來。我喜歡抽離感情來觀察楓，像觀看植物般以透明的眼神靜靜凝視他，知道「他想喝茶嗎」、「他想知道那個客人的資料嗎」、「端茶給客人，讓他休息十分鐘比較好吧」、「這個客人會談很久，中間送一趟茶進去比較好，不過，得算好時間進去，不要打斷他的集中力」，我相信自己有拿捏得當、絕不讓他察覺的本事。

這所有事物都能若無其事地發揮的每一天，能夠永遠持續多好。那是我人生的期望。

現在，人生的期望達成了。我自己的人生在不知不覺中展開了。

這麼想時，冷風中顫抖的枯枝、縮著肩膀走路的人們，看起來都很順眼。

但願真一郎也能在那棟房子裡發現這些。

閉上眼睛，我老實地想。

我最壞的冬天結束了。

春天來時，那個庭院的植物一定以驚人之勢茂密生長吧。在那裡，真一郎每天都會處處發現美吧。

不管那個美人和真一郎怎麼樣，真一郎和高橋君的世界將合而為一，像植物般纏繞，借助自然的力量，以無從想像的美好形式在世上展開。

那個預感最讓我感到溫暖。

有一天，我會牽著自己孩子的手，再度造訪那座庭院。不是去看人，是去看庭院。想看看真一郎如何守護那座庭院。因為我、高橋君、真一郎以及高橋君的母親，將再度在那一瞬間決定勝負，靈魂的真正勝負。

當然，那是遙遠未來的事。

我打電話給祖母，告訴她鑑定的結果和台灣行之事。

國際電話費雖然貴，但這事不適合用電子郵件通知。

報告完畢後，我問祖母：

「那塊人骨是誰的骨頭？」

「不知道。」

祖母乾脆地回答。

「不知道……，那是人骨吧？」

「那是我和爺爺交往前的情人給我的東西。」

「別人給的，可是，那是人骨吧？」

因為祖母太不當一回事，我也忘了自己為什麼不安？

「是啊，他一直帶著那塊頭骨，可是我們同居時，他也死了。」

「死因是？」

「車禍，但大概是被殺的吧。」

祖母說：

「我沒有跟妳說，那個翡翠也是他給我的，不是妳爺爺。還有，我上封信提到了一點，他是台灣人。所以，我覺得妳會去台灣，因為翡翠想去。」

「他是妳忘不了的人？」

「我從沒想要忘記他，絕對不想忘記。」

祖母笑了。

「對祖母來說，那是很珍貴的玉石？」

「所以才給妳啊。妳失戀了，我不在身邊，不能為妳做什麼。那是一塊好玉，擁有驚人的力量。妳愛它，它會好好回報。既然難得去台灣，就幫它修補一下裂隙。楓老師的童年好友介紹的師傅，一定有高明的手藝。那種事情就和外科手術一樣，不小心一失手，玉的力量就飛了。補好以後，妳可以一直戴在身上。」

祖母說。

我是在電子郵件上告訴她我和真一郎分手的事，因為非常沮喪，殷切地寫了一大堆，可是她的回信很冷淡，寫著：

「妳不知道會這樣嗎?真是讓人無法相信。」

我還覺得，啊，這種冷言冷語的反應，好懷念……。

祖母不是那種投入感情、溫柔安慰別人的類型，可是分開以後，我會不期然地錯覺可以向她撒嬌。祖母像個爽朗的男人，卻又美麗敏銳而性感……，沒錯，這麼說來，包含世俗的一面，她是個高貴的魔女。

祖母在我心中變得有一點甜美，感覺好奇怪，我想，這就是分開的證據，不禁笑了。不知不覺中我們分開到可以美化她的距離。我也在不知不覺中獨立。

我已經完全不期望真一郎回到身邊。

因為我不是真正喜歡他?還是因為我認為只有脫掉睡衣時的那股神祕氛圍才是幸福?或者，我只是希望站在那像是研缽的山頂、微風吹過時身邊有人就好?

我一定還像祖母所說，是個小孩子。

小孩子只想自己要的東西，固執地拿他沒辦法。

當我終於真正明白時，我的一個重要時代也結束了。

「你可以不用再寄錢來。我們將來還會見面吧。我有一個請求。等你安頓好後，把那庭院的照片寄給我。請從各種角度拍攝。也給我一張高橋君的照片。我也迷上了那座庭院。要為它加油。」

我在寫這封信時，以為會有更多的喪失感。

其實不然。

只覺得好想快點走出來。好想立刻站起來。想看更多的世界。新的大門已然開啟了。

帶著那份心情，在整理行李的空檔寄出那封郵件。回信立刻傳來。

「知道了。最近會全部寄去。不會再寄錢了。保重！」

他這麼寫著。

我不知道他心裡怎麼想，但我感覺很暢快。

我貼近字面看過後，刪除那封郵件。

唉，必須自己賺房租了。我要加班，更努力工作，讓片岡願意幫我加薪。第一步就是安排台灣之旅。

我開始這麼想。

一切都是因為悲傷而成。

一個人耗費一生創造出來的東西，會為人心帶來影響。

那座庭院就是這樣的東西。

那座庭院的完美、季節移轉時的纖細，不只治療了我，也讓我知道，自己有多散漫。它彷彿在告訴我，妳只要有心，明明能夠生活在那樣豐富的世界裡，怎麼搞成這樣！

那個豐富的……鳥兒飛來嬉戲、滿地的雜草小花顏色都能創造一個世界、清淨甘泉源源湧出、充滿變幻萬端綠意的樂園，穩穩地扎根在我心中深處。

高橋君不知道我，也不是為了治療誰而創造那座庭院。大概也沒想過自己死後會變成怎樣吧。他只是一頭栽入，專心創造庭院，被庭院創造。或許他一開始是為了逃避那不自由的肉體，但漸漸地，他和庭院合為一體，唱出生命之歌。

一個人那樣投入的事物，一定能觸動別人的靈魂。

我也想要燃燒。在每天之中，燃燒我的生命。

去台灣的前一天，片岡因為忙碌，沒有過來。楓本來要和他一起去吃壽司，因此很失望，我於是主動加班，買了生魚片回來做散壽司。不是去魚鋪買的，是去那家居酒屋，拿回適當的分量。當然有付錢，也問了作法。

這種事情最讓我高興。聽到新的知識，又能打發時間，做很有意義的學習。

山上沒有新鮮的海魚。在超市買過切片的魚，又貴又不新鮮，因此很難得吃到生魚片。

我一邊偷吃，一邊拌醋飯，知道他看不見，還是整齊地排上生魚片。

楓說味道很好，慢慢地、感覺很幸福地吃著。

唔，這就是家庭主婦的幸福嗎？還是母親的幸福？

我想，煮東西給別人吃，是件非常愉快的事。

是因為看出他的心情，還是因為度過這麼珍貴的一刻……，之所以這樣說，是因為楓平常吃的量少而簡單，很少要求吃需要花時間準備的東西，或是說「我想吃這個」。

我剛才嘗味道時就已經吃飽了，只是陪著吃一點。我們交情再好，在上班的日子裡不畫條適度的界線，很容易就散慢了。反而是以前寄住這裡時比較容易保持平衡。

現在，傍晚下班以後還留在這裡時，就會變成客人心情，怕自己會因為寂寞而待太久，所以特別注意。

楓直誇好吃，優雅地吃著，剩下一點點醋飯。這麼小的食量，這個人是什麼做的啊？

像是察覺到我的思緒，楓說：

「女人在廚房是很可怕的事。」

「要我先回去嗎？」

我以為他想獨自進餐。

「我不是這個意思，而是在廚房的人散發的力量，超過我的想像。」

「因為都是人，那也沒辦法。」

我說：

「所以，我害怕和真一郎一起生活。要照顧的人增加一倍，一定會疏忽這邊。」

楓沉默無語。

難堪的沉默。看見他的嘴型，我想，糟糕！他想多了。這種時候，因為太了解他的細膩思維，也就特別懷念祖母的大氣、灑脫。

「妳只要事務性地照顧我就好。」

楓乾脆地說。不希望自己成為別人的負擔，是他唯一人味濃厚的彆扭感情。

「要這樣嗎？」

我說。

「只要我活著，我會盡量在很多領域幫忙你，因為這是工作。不過，你放心，我絕不會讓你產生沒有我就無法生活的心情。因為那也是工作。互相信賴幫忙也是人生，就請放下肩上的重擔吧！」

「我很感激，可是……」

楓說。

「很感激，可是我怕。」

我想，是這樣吧。我想起祖母離我而去時的心情。那種認定祖母已經是祖母了、肯定會永遠和我在一起卻遭到背叛的心情。

「我和妳當時一樣。」

楓說：

「我怎麼能開口，一輩子留在我身邊，照顧這種狀態的我？而且，我多少了解一點人心。

過去，許多人來照顧我。妳知道願意照顧別人是怎麼回事嗎？那多多少少是喜歡上了。就像感情的奴隸。雖然這樣，那些人……有時候是男的戀人，有時候是管家阿姨，有時候是年輕的女祕書，都在無意背叛我的情況下棄我而去。

我只能在這裡，什麼也不能做，或許我真的無法去愛，但我更不願意結婚，一輩子被關在他們身邊生活。

不久，他們跟我講條件。如果不能歸屬他們，就不再給我這樣的日子和笑容。妳知道我有多受傷嗎？」

楓哭了，我好驚訝。

我真的很想跑過去擁抱他，可是那樣做，就和那些人一樣了。我微微發抖的聲音說。

「你的靈魂太美，每個人都想得到你。」

楓用手背擦掉淚水，像個小男孩。然後說：

「我不知道，可是，人們擅自為我想東想西，讓家裡發生許多事情，我不想再重複那樣。」

我說：

「我或許很遲鈍，但你不覺得狀況漸漸好轉了？

你現在有片岡先生，應該很安定吧。

即使萬一和他分手了，他是個正直的人，還是會幫你經營事業一輩子的。

而且，我從小就被訓練成為如何協助別人的專家。

我對祖母的感情，是對父母的親情和必須適度保持距離以冷靜思考的祕書立場這兩方面孕育出來的。在某一意義上，祖母是剛烈挑剔的人，我不得不受到鍛鍊。當然，你最擔心的還是愛情，不過……，這樣吧，就當我是殺手集團從小撿回來撫養訓練出來的職業殺手吧？這樣還擔心嗎？」

我不敢去想這個家中過去發生了什麼事情。我想敞開窗簾，徹底換掉過去的氛圍。

「所以我才害怕啊。怕妳在我心中變成很重的存在。妳和誰、在哪裡生活？我並不在乎，因為妳每天一定會來這裡，像往常一樣的坦然地幫我。

可是，萬一變成像過去那樣怎麼辦？妳變得非常喜歡我，像以前那些人一樣，怎麼辦？對我來說，那是無可彌補的大傷害吧。」

我噗哧一笑，然後說：

「你自負什麼？我不會喜歡你的。」

他直覺很強，當然知道我對他的心意並不尋常。可是我認為，當面親口強烈否認的力道很強，因而大剌剌地說：

「你會害怕……是因為你非常非常喜歡我吧。」

「這麼過分的話竟然說得那麼坦然！」

楓訝異地說。

「你因為很喜歡我，所以害怕。

不過，你放心，這世上沒有無可彌補的事情。你雖然眼睛不好，還不到無法獨自生活的地步，所以沒什麼好擔心的。沒有人能奪走你的能力。你溫柔善良，過去都是太配合別人的感受，太交心了。

如果真有萬一，你獨自生活，不是很好嗎？

更重要的是，我已經不能自已地喜歡上你。因為喜歡得沒辦法，與其勉強扭曲感情，套入自己的模式，不如適度地調整它，放在狀況最佳的模式中。這就是專家。

所以，我沒和真一郎一起去那個小鎮。否則，我就必須辭職。我把對祖母的心情投影在你身上，這一點是很有問題，但這樣總比壓抑自己的心情要好。」

「這就是大問題啊。」

楓說：

「妳把對父母、對上司的心情都投影在我身上，有事情時真的很沉重。」

「人生不會一直有萬一，你害怕的是自己的心情吧？」

「可能。」

楓說：

「可能有一點。」

因為他承認了，我有點高興。

「你覺得會變成不好的事？可是我不會。」

「因為我不了解自己。」

楓說，他很難得顯露這種撒賴的語氣。

「一旦害怕，就會什麼也沒進展，什麼也沒發生，不能愛任何人，一切都不會動。像一灘死水，在只有自己的空氣中掙扎。

片岡先生和我，並不是利用你眼睛看不見而關住你的牢籠。

我們也不討厭你眼睛看不見。

在這裡，或許確實有一點那種不愉快的一面，但是存在著更大的什麼。就趁我們在一起的時候一起賭賭看！」

「妳真是樂天派。」

楓說。

「如果不是這樣，我沒有父母，根本無法在深山裡面拚命工作。」

我說：

「而且，提供樂觀的氣氛，也是我的工作。」

「妳真正的想法……我不知道的還有很多，只能在每天之中慢慢去知道，不是靠直覺，是以人的立場，在實際的時間之流中去感覺。」

楓嘆氣。

「你有嘴巴，用問的就好。」

我說。

楓笑了。

「對不起，跟妳講了許多怪話。」

「因為是人，這很正常。」

我說。這時候不能說「隨時洗耳恭聽」，那是把他的告白錯認成撒嬌的失禮行為。

楓說：

「我見到敦子，或許變得懦弱……，我喜歡敦子。因為知道她絕對不會理睬我，她總是以她爺爺為重，因此我從小就對她感到很自在。

我對喜歡真一郎的妳，也有類似的心情。當我感應到真一郎在遠方，想到萬一妳要辭職搬走時，就煩惱得不知道該怎麼辦，非常不安。」

「你有嘴巴，請使用它。」

我不耐地說。

「那必須妳自己決定，我不能阻止妳。」

楓說。

阻止我啊！希望你不停地阻止我啊。

我想這麼說，但一直忍住，能夠忍住，戀情才能永遠持續。

我問：

「知道我和真一郎分手，是靠直覺嗎？」

楓笑了。

「當妳全新全意投入某件事情時，就是沒有好事的時候。妳在做入浴劑的時候我就猜到，啊，他們分手了。」

「那不是直覺！占卜師不及格！」

楓咯咯地笑，我也笑了。

笑意散發在空氣中，那就是一切。

我和翡翠蛇終於來到台灣。

日本還是酷寒的嚴冬，台灣的早春陽光已讓人們的外套變薄。晴朗的日子裡有著像是夏天的光亮。溫暖地區特有的水果排在攤子上。清脆爽口的番石榴。

我知道盯著攤子老闆娘看時她會讓我試吃，因此一直這樣做。覺得好吃時就買一袋，邊走邊吃。我知道，這種小小的樂趣會變成難忘的回憶。水果的味道刻在我的清晨散步路線上。

完全陌生的味道。確實感到來到異國了。只做了這件事，就感覺像住了一段時間。雖然實在很無聊，但感覺拋掉了過去，徹底變身成現在的我。

我想，這就是旅行的好處吧。

我在台北下榻的飯店旁邊，有家星巴克，裡面有賣中國茶飲，一大堆漢字的飲料名稱寫在綠色板子上。我一天去兩次，嘗試陌生的飲料，是項小小的樂趣。像是添加黑色粉圓的冰奶茶、香片加入牛奶的奶茶。那些經歷是偏離日常而做的日常，是在這裡才有的小小寶貝。

那天，片岡告訴我，採訪工作全部結束了，明天要去帶我去洗溫泉。他自己好像很想去。

「為什麼要帶妳去溫泉？真討厭。妳看到我泡完溫泉的性感模樣，會動歪念頭的。因為失戀的女人最脆弱。」

片岡說。

「老實說，我才不想和你去呢，這趟可是千真萬確的尋幽訪勝之旅。」

我說。

「和妳一起來出差，這輩子大概就這麼一次了！」

片岡說完，笑了起來。眼神親切。看起來像是在說，喜歡的話就享受吧。

雖然心情高興，覺得自己已經沒事了，可是，映在飯店幽暗窗戶上的我，瘦得像個幽靈。

這個樣子，讓人擔心也沒辦法。雨水淋溼的馬路發光，變成七彩霓虹，一幅溫柔的景色。我緊緊握著星巴克的杯子。那無助的小手。失去未來的女人的手。

雖然是自己的事，感覺像是別人的事。

片岡出去採訪時，我抽空去台北市內的珠寶店，拜訪敦子介紹的珠寶匠。他用黃金修補翡翠的裂隙，我剛剛才去拿回來。他說敦子有打過招呼，堅決不肯收費。我買了故宮博物院的精美卡片，寫謝函給敦子。想請妳喝咖啡，也想一起吃飯喝酒，回國後有時間的話，請隨時跟我聯絡。寫好寄出。

整個改頭換面的翡翠令我感動。金鑲翠玉的典雅華麗，比以前更美。光是這件事，就讓我覺得來了真好。我喜歡看到東西修復如新。縱使是物品，修復的過程都會讓我愉快。

如果明天去到有泉水的地方，就把它洗一洗。像在飼養這條蛇一樣。以前採集藥草時怕礙事，我身上從來不戴首飾，可是我對這個翡翠蛇漸漸產生感情。

拿下來時，我的體溫跟著轉移，白玉的蛇身帶著微溫。那溫度使蛇看起來淡淡發光。蛇眼斜斜往上吊，非常英挺。我細細觀看，尋思這條蛇在很久很久以前還是玉石的時候，以及被雕刻成這個形狀以來所看到的事物。即使我從這個世上消失了，這條蛇還是一樣長存吧。不可思議的感覺。

的確，如果不是祖母希望我把它帶到台灣，如果不是楓的童年好友敦子的爺爺介紹的人……非常複雜遙遠的緣分，但現在確實連在一起……有緣幫我修好，再怎麼說，我都有所顧忌，不會和片岡走這趟旅行的。

雖然行程忙碌，但我明白了出差的作法，也感覺值得。

片岡出資也幫忙編輯的雜誌要做台灣占卜師特輯，採訪的對象有道行高深的風水師，能說日語的占星、卜卦等各種占卜師，以及觸摸手骨算命的摸骨大師。片岡對這種盲人最先學會的算命方式特別感興趣，要親自採訪。

我雖然是助手，但不是記者也不是編輯，不能申請差旅費，只好全由片岡自掏腰包。我過意不去，雖然努力工作，但畢竟語言不通，幫不上什麼忙。

雖然有點掃興，但並不難過。

這趟旅行帶給我新的活力。沒錯，在台灣盡心盡力幫片岡做這做那，我是他「同情之下帶來的行李」意識也漸漸淡化。

我不是累贅，也不是寵物，而是為他工作。這對我來說，確實是件好事。

採訪必須做紀錄，錄音器材充電和更換錄音帶等都是我在做，因此白天整天工作、晨昏散步的生活一直持續。

台灣的空氣溫和潮濕，讓人有種心慌的感覺。台北市內外資公司的大廈林立，看起來完全是個大都會，但依然令人心慌不止。一種幸福的心慌。

白天拼命地工作後，夜晚獨自坐在床上時，時間立刻停止流動。

身體無法動彈，該做的事都無法做。

腦子知道，喝杯飲料，喘口氣後，疊好衣服、整理資料、收拾行李，還要洗澡。

可是，這些順序在腦子裡反覆多次，身體就是動不了。

最近常有這種現象。

電話響起。是飯店房間的電話。

「喂。」

除了片岡，沒有人會打電話給我。我以為是片岡，卻是楓的聲音。

「喂，是我，還沒睡？」

像戀人似的溫柔聲音。

工作的時候，楓的語氣比較直，我則使用恭敬語。不工作時，我才恢復朋友的交談語氣。但那兩種狀況偶爾會混雜出現。

楓可能因為在佛羅倫斯說英語的關係，回國以後，有一段時間遣詞用語比較文雅，之後又漸漸變得粗魯了。其實楓並不適合粗魯語氣，只是在片岡的影響下，嘴巴變壞，不時脫口而出。他們像是嘴巴壞的雙胞胎兄弟。兩人的言行舉止越來越像。這種容易受人影響的不完美之處，也是楓的優點。

他現在好像是以朋友的身分打來，我雖然混亂，卻這麼認為。

「嗯，還沒睡。」

我打從心裡感謝，把我從旅途疲累以及過去累積的沉重束縛中輕鬆解放出來的楓。

「辛苦了，妳好像很累，心情好一點沒？」

楓問。

「有，片岡先生忙著採訪，一個接一個，忙得要死。這裡真的有很多各式各樣的占卜師。」

「好期待聽到。」

片岡回去後，楓一定會和他在床上慢慢聊。

對我來說，那是可愛甚於新鮮的光景。情侶在一起久了，或許都會變成那樣。但是他們總讓人有活在社會邊緣的感覺，似乎不太有那種餘裕。因此，能建立這樣穩定的關係，一定很費心。

前些天看到楓哭泣的時候，我也這麼想。

他們都還年輕，是未來的人才，因此我越發這麼想。這麼想時，就越覺得「現在」這個時刻很珍貴。現在的生活方式將開創未來和成熟。

「可以啊，資料都在手邊，隨時都可以。」

我說。

「翡翠怎麼樣？修好沒？」

楓問。

「嗯，敦子爺爺的朋友一個晚上就用黃金補好裂隙。手工很細緻，好像原來就是那樣似的晶瑩剔透。」

「明天要去泡溫泉嗎？」

楓問。

我回答說：

「對，片岡先生今天就會做完最後的採訪，明天都沒行程。」

「希望妳看到很多美麗的東西。」

希望妳看到很多美麗的東西……，從楓的嘴裡說出來，就是那個意思。堅硬如鋼，毫無其他意思的美麗話語。

那句話沉沉墜入我心底，輕輕飄起芳香。有如晶瑩的泡沫一個個炸開，擴及全身，連小小的傷痛也被光包住。

「謝謝，你也要小心，回去後我煮好吃的台灣菜給你吃。」
我祈禱自己說的話沒有絲毫不正確。
「嗯，你們不在，日子雖然安靜，但是很寂寞，聽不到你們鬥嘴，好無聊。」
楓說。
掛掉電話，心開如花。先前感覺硬邦邦的床單也變得柔軟乾淨，清爽地接觸我的皮膚。啊，好想就這樣睡著，帶著這好像埋在花中的心情……像被天使擁抱的甜美……我關掉電燈，閉上眼睛。不去想哀傷的事，只想在這份安詳中睡著……。

那是楓的能力種類。

來到台灣的第一個假日，我們包車到北投。這也是和片岡同行才有辦法做到，直接延長租用採訪車和司機。

我對金錢的力量沒什麼概念，但這種時候，也不得不佩服片岡針對目的痛快用錢的方式。因為行李增加太多，沒有車子的話，兩個人都麻煩。
天空湛藍清澈。這裡的光是熱帶國家特有的光。
我無法不想念這同個天空下我愛的人們。在馬爾他島、還有在東京的人們……，人數雖少，但確實能和我分享的人。
「片岡先生……」
我說。
「唔？抱歉，迷迷糊糊的。」
片岡想睡但是親切回答的樣子非常性感。他其實是個好人，正因為如此，那說話刻薄的作風在他身上也是如此協調，這樣的人很少見。
「啊，沒事，你睡吧。」
「不用了，什麼事？」
片岡挺直上身問。
「我現在根本不想睡。」

我問：

「摸骨大師怎麼樣？有什麼感覺？可以的話，請告訴我。」

「呃，很神奇，眼睛看不到的老先生，快八十歲了，看起來很年輕，房間裡裝飾許多美麗的樂器，他好像都會彈奏。」

「光聽到這些，就覺得好感動。」

「對，因為已經上了年紀，無法請他來日本，他已經有很多徒弟，不是那種隨便看看的感覺。我在訪問時有想過，或許，楓來看看也好，方法好像有些不同。不過，去採訪他還是不錯，他的樣子清爽乾淨，看不出年齡，顯得精神飽滿而愉快。那個擺滿樂器的房間也很不錯。好像電影裡面的一個場景。這種說法不知道妳懂不懂，彷彿弦樂器特有的悠揚氣息洋溢整個房間。」

「你給他看了？」

「嗯，看了，他這樣拿著我的手……」

片岡握住我的雙手。

「從接近手腕的骨頭這邊敲打，那種敲打方式有股無法形容的強勁力道，但又溫柔，令人感動。他藉此算出什麼。以流利的日語說出我的工作情況，幾乎都是好事，說我會一切順利。說我太浪費錢。難道帶妳來是浪費錢？」

片岡笑了。

光是他輕輕敲打的感觸，就把那位老先生高潔溫柔的心意傳達給我。我彷彿看到那一生都在為別人的人生服務的人的存在重量。

因為內容是片岡的隱私，我沒再多問。

但我知道片岡的心裡點起一盞明燈，我很高興。來台灣出差真好！如果沒有收穫，工作價值也會減少。

「如果楓看到他，一定會受到激勵。」

我說。

「對楓來說，知道新的事物，即使沒有直接的好處，也可以排解情緒，認識在同樣境遇中老去的人，我想，會成為一種激勵。」

片岡說。
「看來，我們和這個國家還有一段緣分。」
「是啊，這裡還有很多厲害的人，我還會再來吧。如果要帶楓來，妳能同來比較好。妳去學一點華語，會有幫助。這裡簡單的英語就能溝通。楓會說英語，應該都能應付，摸骨大師也會說日語。華語雖然不是馬上需要，但不知什麼時候突然會派上用場。」
「知道了。」
我說。前景感覺開闊了一點。我從沒想過。自己會到國外出差。還為了出差要學習什麼。
「妳也得到激勵吧？還可以打發失戀的無聊時間。」
片岡笑說。
「多管閒事。」
「要往前看，該做準備了。以後可能也要販售妳的藥草茶和入浴劑，我們還有很長的路要走。」

「是，我留守看家是當然，但偶爾也想來這裡幫忙。我好喜歡這個國家。藥草茶和入浴劑方面，我也會繼續嘗試錯誤，直到你願意販賣的水準。只是我還不知道要怎樣做，品質才能達到和在山上時一樣。」

「是啊，品質不上不下的，賣了也不好。」

片岡說。

從這段話知道，他是相當認真地考慮販賣我的入浴劑和藥草茶。

雖然在我的所見所聞中，常有這種「令人驚疑的不健全設定中，有著晶瑩珍珠般的健全想法」的事情，甚至很多，但驚訝自己也會遇上。

我沒好好受過義務教育，卻像優等生般進入健全的人生世界。工作快樂地展開，人際關係也穩定成長，有好多要做的事情。

就像是高橋君的庭院。

我的新人生就像從嚴格的設定中挑選出來寶石，健康地展開。

在溫泉迷的片岡邀約下，順路去了午後的陽明山。

走了一段路，在日本都市裡絕對聞不到的懷念味道包圍著我。那是綠的味道。真正濃郁、新鮮、並非徒具形式的綠，把那詛咒似的激烈生命力漩渦，向著世界噴灑而出的味道，氤氳蒸騰而起。

我懷念地差點掉淚。

那是我以前居住地方的味道。

我想起許多許多。爬滿毛毛蟲的樹幹、大胡蜂，還有那不知是什麼、慢慢爬行的半透明動物，好像我稍不留神碰到，就會喪命在我手下。

都市人大概無法想像，其實人在大自然中，會漸漸變得小心翼翼而神經質。

我鮮明地想起，即使處處小心，身上總有地方不知被什麼東西刺到而發腫。

我也想起從摘下植物到清洗乾淨那段又長又遠的繁瑣過程……那份倦怠、不耐煩和空虛。天氣稍微不好，心情稍微鬆懈，那些東西就會長霉，一切努力付諸流水。白白走了一天山路的情形有過好幾次，因而更小心翼翼地曬乾藥草。必須陰乾的植物含有揮發性物質，不小心曬到太陽後就全部報銷。

那個腦中再怎麼繼續想像也漸漸淡化的味道。

我再一次知道，這個味道帶給我多少力量。感覺味道滲進我的細胞。因而知道自己是多麼懷念山上的生活。一無所有也無所謂，只要有日升日落，那地方就充實了。只要活著，體內的漩渦就一直旋轉、發熱，源源湧出力量來。

我在那令人不舒服的蟲子、潮濕的水邊、茂密的綠蔭圍繞中生活。我不是想輕輕靠近，而是想糾纏混入其中閉目休息。在那裡面，汗流浹背比乾淨的衣服自在，再怎麼熱，依舊習慣長袖和粗棉手套。此時此地，我想起那些。

我再也回不去，回不去山上了。這樣想時，一滴眼淚差點奪眶而出。

可是，當我看到瀑布，那股活力，以及供奉在岩石上慈眉善目的菩薩法相時，又忘掉一切。水流湍湍，遊人也獲得解放。各隨己意，優閒徜徉。我也把翡翠蛇浸在水中。蛇在透明的水中，看起來越發透明。

像洗掉我和陌生人骨同住的那段可疑歲月……我不覺這麼想。

雖然是件小事，但一直放在腦子的角落裡，能夠釐清一切，真好。

今後，祖母的人生還會偶爾閃現光亮吧。只擁有祖母的過去生活雖然有點可怕，但現在很快樂。

陽明山公園附近有免費的溫泉浴池，我和片岡約好在前面的石椅會合，分頭走向男女浴池。

我完全不知道入浴規則，也覺得治安似乎不太好，於是請教一位陌生的歐巴桑，她用片片斷斷的日語親切地告訴我規則。

「一次三十分鐘，換人時進去，東西最好放在看得見的地方，頭髮也要用橡皮筋綁好，不要浸到溫泉裡。」

歐巴桑的日語非常清楚，感覺很新鮮。

我按照指示，一腳跨進熱水中。

陽光從天花板透進來，和異國人士一起裸身泡湯，完全沒有格格不入的感覺。大家四目相對時都微微一笑。聽到在外面乘涼、準備再進來泡湯的歐巴桑們的閒聊聲。

溫泉很燙，比日本的溫泉濃郁，彷彿滲進身體裡面。有種讓人覺得不以強勁氣勢泡進去就會輸給它的力量。我想，真正的泡溫泉就是這樣吧。因為泡溫泉本來就不是為了放鬆身體，而是為了吸取力量。

泡完出來，看到片岡夾在裸露上身的歐吉桑中間，茫然坐在石椅上。看到片岡，總是感覺在享受人生。因為他身上發出太陽的味道。

旁邊攤販林立，我買了啤酒坐下。也買了一份油炸臭豆腐，兩人茫然望著天空分食。

我好像忘記許多事情了。

是身體先忘掉吧。

「治好失戀的痛苦了？」

片岡率直地問。

「對，完全治好了。」

我回答。

「妳啊，就是有我尊敬的地方，那正是妳和那個人不同的地方。那傢伙太遲鈍，決定性的遲鈍，不積極生活。」

片岡說。

「好像沒有那麼嚴重吧？我很尊敬他哩。」

我本能地辯護，沒有比說分手情人的壞話更空虛的事了。

「以前的好朋友和那個美麗的繼母。忘不了的初戀……這不都是自戀？那些東西是人生中微不足道的小事，不是能寄望將來的事。像是男人早在一百年前就已結束的各種精采夜晚的一部分。那樣的我也早在三個循環以前就結束了。」

片岡如往常一樣說理清楚。我回答說：

「他不就是要超越那個才一頭栽進仙人掌嗎？」

「是呀！」
片岡笑著說。
「而且，我知道。真一郎變態、偏執地想把那個庭院據為己有。不是高橋君也不是他母親。他只想要庭院。你沒看到那個院子，才會這樣說。你要是看到了，立刻會明白我的話。我喜歡他這種瘋狂的地方。」
我說。
「……嗯，我有點明白了，妳果然很聰慧。」
片岡說。
「那點聰慧在戀愛上中派不上用場。我輸了。我也想要真一郎。因為他是不再愛我、也不再愛戀人類的存在。那一點很好。」
我說：
「而且，敦子給我的影響很大。」
「吃醋嗎？」

「不是，是的話反而好。」

我說：

「簡直像暗示般讓我看到兩個非常類似的狀況。兩個我認為很重要的男人，幾乎同時見到他們依然覺得重要的過去的女人。

我會怎麼想？敦子能夠理解。

或許，世間看高橋君的母親是正直的人。言語毫無缺失。可是，我就是覺得真一郎的心情和那個女人的舉止中有一絲絲虛假。

我無法不拿來和楓與敦子的天真、純情相比。

雖然知道他們雙方都是真摯的感情，但不符我的喜好。

我被楓和敦子那奇妙、脆弱的純情吸引。那種單純的好惡。一旦有了這個想法，我再也回不去真一郎的世界裡。那非常痛苦，雖然我想自我蒙混而回去，但做不到。」

真是難堪的告白。乏味、也不迷人。

只有赤裸裸的事實。

剝除戀愛後的祖露事實，像是暴露在荒原的白骨那樣坦然。好像稍加潤飾，補上看法和期望，就可以存在。

「我了解妳說的話。」

片岡說：

「可是，有一天妳多少會感到後悔。或許是年輕的潔癖讓妳這樣。其實楓也有很多不檢點的灰色區域，可是妳和他沒有肉體關係，很難理解吧。」

「那也有可能。」

我笑了。片岡的聰明讓人愉快。

「這是我這個年齡、在這個時間點的選擇，沒關係。以前，我沒有楓，也沒有片岡先生，只有自己一個人。祖母也不在身邊，因此把最先看到的真一郎當成父母。像隻雛鳥。而今，我無法再這樣相信了。或許我沒有堅強到能夠繼續相信到永遠。」

我說。

「任何人都不願意永遠孤獨。」

片岡說。

「你們那時是互相需要，不是很好嗎？因為妳的關係，他得以離婚，更因為妳的關係，和初戀的女人團圓。」

「你說話會不會太直接了？」

我說。

「那是工作。」

片岡說。

接近傍晚時，周圍的綠蔭在黃昏光照下感覺更濃綠。

喝完啤酒，又去攤子買了茶，邊喝邊走。汗水不停冒出。這個國家的瓶裝茶大抵較甜，在這悶熱的空氣中感到格外好喝。日本已經沒有這種悶熱潮濕的空氣和生猛陽光了嗎？日本現在的熱是返照的熱，不是這種奇妙新鮮的熱。

我不是說以前比較好，只是覺得現在的快樂少了。

暴露在生猛的熱氣中，全身感到歡愉。彷彿在說，再虐待我吧。我喜歡那樣。喜歡身體浸在水裡、冷到骨頭裡，喜歡冷到骨頭裡的身體再度曝曬在太陽的熱氣中。和世界做愛，就是這樣吧。

片岡不知道我的心思，嘀咕說「想曬得漂亮就盡情曬吧」，自顧喝茶。來這裡後，因為吃得太多，回去後要減肥。雖然沒和女性朋友一起旅行過，但片岡很注重外表，打扮得乾乾淨淨，我想，和女性朋友一起旅行時就是這種感覺吧。

確實如敦子的祝福，「有一趟美好的台灣之旅！」當然，祖母的預言也成真了。

來到這裡以後，我好幾次想起敦子的表情和她談到台灣時的燦爛笑容。

如果沒有遇見她，我可能不會來這裡。我還會再遇見她吧，那個美麗的女人，很愉悅的感覺……。

我曾經想過，或許是我幫助過敦子和她爺爺的機緣，又繞回來幫助我。像這樣，好事像圓圈般循環，在無法計算到的遠處，有無法計算到的緣分。

光像直接略過春天的夏天之光，但是一陣風吹來，又讓燙燙的兩頰涼爽舒服。

「妳打算怎麼辦？當然，楓不能讓給妳。」

往停車場的路上，片岡說。

「沒關係，我本來就沒這份心。我的心情和你懷疑的有點不同，雖然只是一點點。」

我笑說。

「要用真正的愛守護他嗎？千萬別說這種無聊話，拜託。」

片岡也笑了。

「只是一點點不同。我不是沒有想擁有楓的心情。但還是有點不同。」

我老實地回答。

「呃……最壞的情況是，可以用我的種生個孩子。因為感覺很壞，即使閉上眼睛也做不來，但現在醫學發達，有很多方法。」

片岡說，我忍不住笑起來。

「真是牛頭不對馬嘴。而且，我為什麼一定要用你的種生孩子？為什麼不能用楓的？照道理說不該這樣啊。」

「我不喜歡嘛。」

片岡說。

「這樣不是很好嗎？最壞的情況是，就這樣生個孩子，大家一起養。」

怎麼？片岡想要這樣嗎？因為他給我的印象很複雜，我嚇一跳，但更加理解他的好。

他果然會寂寞，不能和楓擁有孩子。我覺得自己可以做到，非常不可思議。

我有健康的子宮和卵子，雖然沒有特別期待，但我就是擁有。他們沒有。

這絕對是有女人光靠這點就覺得有利也不奇怪的地步。

「那真的是最壞的情況。」

真正最壞的情況，不可能發生。我要捲入他們的人生中嗎？我一邊想，一邊以愛憐他們的溫柔心情說：

「別擔心，我自己能安排，因為我還會談戀愛。」

「那就好，但是不能辭職，拜託！」

片岡說。

「你要求的太多了。」

我說：

「不過，我不會辭職，這份工作就是我的生存價值。還有楓。片岡先生，你看過《獻給阿爾吉儂的花束》嗎？」

「看過了。」

「我就像那個主角。從山上下來，知識漸增，但是總有一天，還是想恢復原來的我，那個有如白紙的嬰兒。那雖然是個悲傷故事，但我不是那樣，我經歷許多事情，繞了一圈，又回到原來的我。不是真正回到山上。而是心中的空間問題。因為現在正在半路上，我還在不斷地吸收。我不指望有個快樂結局。但我會照顧自己一輩子。因為我是祖母的孩子。」

「啊，妳是殺人婆婆的孩子啊。」

「她沒有殺人啦！」

我笑說：

「我不屬於片岡先生，或許不如你的期望，但我真的很感謝你。真的，親切地為我想到那麼遠。能夠的話，我也希望那樣，這點請你相信。」

片岡說：

「照你高興地生活就好。」

片岡泡過溫泉後神清氣爽，頭髮也沒整理，蓬鬆有型，看起來非常英俊。真好，在國外和這樣帥的人走在一起，遠處有綠光輝映的龐大山影，讓我有點遺憾，我們為什麼不是戀人……光是這樣，就感到無限暢快開闊。

我想尋求這種暢快開闊的感覺。

是這份快樂讓我得意忘形嗎？我完全忘掉失戀以後越忙越輕鬆、越閒越難過的狀況。因為白天過得愉快，聊了許多事情轉移情緒，到了晚上，因而更覺難過。

堅強無事的時候和脆弱傷心的時候必定輪流而來。

晚上泡溫泉時，先想起真一郎。

如果只是想哭，我已經習慣了，我不怕，怕的是想起他時眼前就一片漆黑。

飯店的室外溫泉是適合全家福的大眾池，有個黃色蘑菇狀的大噴泉。另外還有幾個小池。因為地勢高，靠在溫泉池畔，可以俯瞰遠處山下的高樓群。各種味道嗆鼻。硫磺的味道，還有綠的味道。

想到洗完溫泉回房後再也不見真一郎時，應該已經不剩的眼淚又流出來。像是擰乾的抹布擠出的最後水滴似的淚水。

片岡看到被超音波溫泉弄得淚眼模糊的我，嚇一跳，拉著我的手說：「快去吃飯吧，吃飯！」我很想拍下他襯著黃色蘑菇噴泉背景的焦慮表情。

他的親切讓我一驚，收回淚水。他的手很大，有點濕黏。

走出飯店大門，是像對面的山突然擋在眼前的陡坡小路，路旁到處是餐廳，結束一天工作的人們在吃飯。我們慢慢走，進入其中一家。

片岡說「先喝一杯」，幫我點了台灣啤酒。我喉嚨很渴，一仰而盡。

工作完成後的安心感和洗溫泉時的亢奮以及哭過，我很快就覺得酒意醺然。

炒青菜、筍筍和肉類陸續端上。

「吃吧、吃吧，盡量吃，吃飽就睡。」

片岡說。

「不用擔心我，已經沒事了，這餐我來請。」

我說。

「很貴的！」

片岡笑說。

「這裡很便宜，一定。」

店內充滿熱氣活力，不少全家福的客人，桌椅都是廉價貨，但是每道菜都很好吃。陌生蔬菜的綠色在日光燈下晶瑩光亮。看到那陌生的形狀，我終於覺得此刻身在國外，也能夠回到現在是現在、已經不是真一郎在身邊的時候了。

過去的幽魂存在腦中，偶爾佔據全身。於是，頭腦離開身體，漸漸被昔日的陰影吞噬。可怕的無底之影伸縮自如，總是在我傷痛脆弱的時候伸展放大，痛擊著我。

悲傷不知何時來襲。

感覺不能鬆懈、必須步步為營不可。

回去的路是漆黑的坡路。變成廢墟的飯店和突然從暗處竄出來的汽車有點嚇人，我和片岡手牽手走著。

就像小孩子手牽著手，一邊唱歌一邊晃著手臂走著。星星在高空眨眼，我想起那個和真一郎一起仰望星空的夢。

遠處的連綿山脈變成漆黑的影子，山腳下閃著點點古老感覺的燈光。河水流過，遠處水聲潺潺。知道那裡源源生出新鮮的空氣。就是相當遲鈍的我也知道。因為味道飄散而來。

兩個微醺的人牽著溫暖的手，在製造幸福的回憶。感覺我們此時此地製造的快樂也照亮了過去。希望能照得更亮、更遠，照亮這條幽暗的山路。

「妳是個好女孩。」

片岡說。

「我現在才了解楓沒有意義地說妳好的心情。」

「沒有意義這句話有點多餘。」

我說。

因為哭過的眼睛紅腫，我獨自在房間裡洗溫泉。

剛才之前的我絕對不會那樣想。因為溫泉總是讓我想起真一郎。可是吃飽走累了，很想泡泡溫泉。

漆黑的石造浴池非常華麗，扭開水龍頭，濁度適中、發出硫黃香味的溫泉水嘩啦啦大量噴出。我不想攙入冷水，於是窗戶全開，聽著對面坡路和流水的聲音，靜待水溫降低。飯店雖然有點老舊土氣，依然輕鬆舒適。很多全家福的客人換上泳裝，在蘑菇噴泉浴池裡玩水。

溫泉冒起的蒸氣碰到皮膚，感到濕黏滑溜。

和片岡醉醺醺地唱著歌、高高興興地走回來後，我像換了個人似的不再感到寂寞。

心胸踏實，是因為來到這麼遠的地方，那段路程又是那麼美好。

進入溫度適中的熱水裡，只有臉部暴露在冷空氣中，身體很熱，具有強勁力量、看不見底的乳白色溫泉以酥麻全身的感觸包圍我。

猛然抬頭，眼前的黑色花崗石上形成非常美麗的圖案。

真的是一眼瞥到就再也離不開視線的美麗圖案。

水滴流下形成的斜線連結。

在這蒸氣朦朧的世界裡，看起來像是樹林的風景畫。樹木遠近錯落、無盡延伸，我好像站在樹林入口張望。連樹枝都寫實地看似枝葉扶疏。

沒想到蒸氣、水滴和外氣，能在浴池壁上畫出這麼完美的樹林畫。

比我今天在陽明山看到的實際樹林還像樹林。好像我這一生看過的所有樹木、甚至連夢中看到的樹林風景都畫在那裡。

我有點害怕，用手指輕輕畫上一條橫線。

影像立刻破壞無遺，眼前出現普通的浴池牆壁。

我很懊惱，又畫了幾次線。我裸身忘我，不再有任何回憶和感情。可是，只有第一條線最好，後面的都變成顯露做作的討厭線條。

我突然想到。

是嗎？是這樣嗎！

高橋君沒有破壞剛才那完美的樹林、那自然畫出的終極之線，只是再加上一條線而已。他想把自己融入其中。忘掉痛苦、悲傷和慾望，變成透明，在那龐大的懷抱中呼吸、融化，最後也幾乎成功了。不只是高橋君，不只是庭院，正中央的那個部分也是忽然形成的。在只和植物共度的短暫人生最後，他的精神接近完成，在那個時候，他一定什麼都不在乎，無怨無悔地踏上旅程。

繞了一圈，回到嬰兒般的心情。帶著各式各樣的寶貝離去。

他為什麼要花費一生做那件事情呢？因為他想從自我意識中解放，品嘗人生的至高幸福。人為什麼要仿造自然？不是因為想重現美好的記憶，也不是自以為優越，而是為了要向以完美線條畫出世界的什麼獻上至高的祝福。

不帶自我意識地畫一條線，那就變成自然。

我不是在畫圖，只是不經意地和高橋君那時的心情同調。

我也要向或許在天上的他的能量獻上祝福，閉上眼睛，虔誠地。

在山裡閉上眼睛，彷彿可以聽見星星移動和宇宙的聲音。那時候也一樣。遙遠無盡的地方有什麼東西發出的聲音，夾雜在水聲中，婉轉傳來。

「謝謝你，謝謝你讓我發現這麼美好的事物。你創造的東西刺激了我，確實改變了我。很遺憾沒能在你活著的時候遇見你。」

當然，清風、星子和山影都沒有回答，只有轟隆的水聲和冷冷的風吹過。

藍小說 851

王國 vol.3 祕密的花園（紀念新版）

作者—吉本芭娜娜
譯者—陳寶蓮
編輯—黃子萍
封面圖像—霧室
內頁排版—芯澤有限公司

總編輯—嘉世強
董事長—趙政岷
出版者—時報文化出版企業股份有限公司
108019臺北市和平西路三段二四〇號三樓
發行專線—（〇二）二三〇六六八四二
讀者服務專線—〇八〇〇二三一七〇五・（〇二）二三〇四七一〇三
讀者服務傳真—（〇二）二三〇四六八五八
郵撥—一九三四四七二四時報文化出版公司
信箱—（一〇八九九）臺北華江橋郵局第九九信箱
時報悅讀網—http://www.readingtimes.com.tw
電子郵件信箱—liter@ readingtimes.com.tw
法律顧問—理律法律事務所　陳長文律師、李念祖律師
印刷—勁達印刷有限公司
二版一刷—二〇二三年十二月二十二日
定價—新臺幣三二〇元
（缺頁或破損的書，請寄回更換）

時報文化出版公司成立於一九七五年，
並於一九九九年股票上櫃公開發行，於二〇〇八年脫離中時集團非屬旺中，
以「尊重智慧與創意的文化事業」為信念。

王國 vol.3 祕密的花園 / 吉本芭娜娜作 ; 陳寶蓮譯. -- 二版. -- 臺北市
: 時報文化出版企業股份有限公司, 2023.12
面；　公分. -- (藍小說 ; 851)
ISBN 978-626-374-644-2(平裝)

861.57　　112019421



ISBN 978-626-374-644-2
Printed in Taiwan